白魔法師は支援職ではありません

できて、本《ぶつり》で殴る攻撃職です

マグム

TOブックス

目次

SHIROMAHŌ-SHI WA
SHIENSYOKU DEWA
ARIMASEN

イラスト azuタロウ　デザイン 舘山一大

【第一章】ノエル～少年期～

「よっと！　そろそろ今日は終わりにするかな」

「じゃあ、向こうに置いてある木は車に積んでくればいい？」

荷車を指差して僕はお父さんに尋ねる。

「おうよ！　流石にこれ以上切ったらまた元に戻るのにかなり時間がかかって来るだろうし、今年はここまでにしよう」

「うん！」

お父さんの言葉に僕も頷《うなず》き、車に木を積みこむ。その木を積み終わるとお父さんと一緒に他愛も無い話をしながら車を引いて僕たちの村へと歩き出す。

僕たちの村はアーシャという名前でかなり小さな村だ。そのため一人一人のやる仕事が多岐に渡り、お父さんも今日は木こりのお仕事だったが明日は猟師のお仕事をやることになっているし、明後日はまた違う仕事をすることになるだろう。

「おぉ、ディックさんじゃないか！　今仕事から帰ったところかい？　ノエル君もお手伝いご苦労様だね。少し食ってきなよ」

そう言って焼き鳥の刺さった串を手渡して来るのは、いつも何らかの屋台をしているノムおばさん。どうやら今日の屋台は焼き鳥の屋台だったようだ。仕事から帰ってくると何時も笑顔で何か分けてくれるので、お父さんはあえてこの道を使って家に帰るようにしている。流石に晩御飯の時間までは持たないいんだよね……。

「おっ！　今日は焼き鳥か！　何時《いっ》も何時も助かるぜ！　体を使ってっから絶対に夕食まで持たねぇんだよ！」

「何時もありがとうございます！」

お父さんは笑いながら、僕は一つ礼をしてから受けとるのも何時もの事だ。うん、相変わらずノムおばさんのくれるご飯は美味しいや。お母さんが作る料理の次くらいかな？

「良いってことさね！　あんたらが外の事をしてくれているから、あたしらはこうして好きなことして暮らしていられるんだ。あたしとしてはあんたらが怪我一つなく帰ってきてくれるのが何より嬉しいんだ。もし魔物なんかに襲われる様な事があったら一目散に逃げ戻ってきなよ！」

『魔物』

それは魔族と呼ばれる人達により使役され、人々を襲っている存在だ。

なぜ魔族がそんなことをするのかは不明であり、人間を食料としているという話や、ただの趣味など様々な噂が流れている。そんな中で人間は、冒険者と呼ばれる戦うための力を鍛えている人達の働きにより、魔物を退けることで生存圏を確保している。また、僕たちが住んでいるルイスと呼ばれるこの世界には、この魔物を使役する魔族や僕たち人間の他にも亜人族と呼ばれる人たちがいる。エルフやドワーフ、獣人と呼ばれる人たちだ。彼らは森の奥深くに住んでいて自分達の村に近づく人がいたら容赦なく攻撃するそうだ。しかし、森から出て人間と共に暮らす亜人族の人達も居るそうなので、もしかしたら会う機会があるかもしれない。

「そういや最近新しいダンジョンが見つかったって話を村長から聞いたよ。ここから結構近いって話だからしばらくは警戒しないといけないかもね」

「ふむ、そうか……それではしばらくはいつも以上に警戒をしないといけないな。先程の魔物と出会ったらなんて冗談も、冗談では無くなってくるしな……」

ノムおばさんとお父さんが難しい顔で話しているダンジョンとは、誰が作ったのかわからない空間の事だ。中に大量の魔物が存在することと、ダンジョンの奥深くにあるダンジョンコアというものを破壊しない限りどんどん大きくなっていく事から、魔族が多すぎる魔物を収容するために作ったんだとか、魔族が人間の住む地域を侵略するための前線基地だとか様々な噂が流れているが、真相は定かではない。ではなぜお父さんがいつも以上に警戒をしないといけないと言ったのかというと、魔物が多すぎるダンジョンは少しずつだけど魔物を外に放出する。つまりお父さんが警戒しているのはそのダンジョンから出てきた魔物なのだ。普段なら魔物なんて出会うことも無いこの辺境の村でも、ダンジョンが近くに発見されたのなら、これから魔物と出会うことも増えるだろう。それだけならいいのだが最悪の場合ダンジョンからモンスターが爆発的に出てくる事もあるのだ。それを僕たちは「ダンジョンの氾濫《はんらん》」と呼びかなり警戒している。なぜなら、近くにダンジョンが沢山ある関係上、冒険者の数が多い王都アルンの近くならともかくとして、こんな辺境の村だ。当然冒険者などいるはずもなく、もしダンジョンが氾濫なんて起こせばあっという間に魔物の群れに飲み込まれるのは火を見るよりも明らかだからだ。

「ぬぅ……これは皆で逃げる準備をしておくべきかな？」

お父さんが言うことが正しいのは幼い僕でもわかることだ。ダンジョンの氾濫は新しく見つかったダンジョンにこそ起こりやすい。これは子どもでも知ってる常識だし、新しくダンジョンが見つかったということは新しく出来たか、今まで見つかっていなかったかのどちらかだ。まだ新しく出来たのならば早急にそのダンジョンを潰せば終わる。しかし、今まで見つかっていないだけだとしたら今ダンジョンの中にはどれ程の魔物がいるのだろうか？　また、どれだけ大きなダンジョンになっているのだろうか？　まるで予想がつかない。つまり、いつ氾濫してもおかしくない。それどころか今まで氾濫が起こってなかったのが不思議なくらいだったのだ。逃げ出す準備をすることは決して無駄ではないだろう。

「その件については大丈夫さ。Ｓ級冒険者のパーティーの一つが今回見つかったダンジョンの攻略に向かっているらしいよ。Ｓ級なら直ぐに終わらせてくれる」

「あぁ、そりゃ大丈夫だな」

ノムおばさんの言葉にお父さんも頷く。どうして大丈夫だと思ったんだろう？　お父さんに目を向けるとお父さんも僕が疑問に思っていることに気づいたのだろう、答えを教えてくれた。

「要するに魔物を倒す仕事の冒険者の中でも一番強い人達がこっちに向かってるんだ。その人たちの強さはとても同じ人間とは思えないほど強いらしいぞ！」

その言葉に僕は目を見開いた。

「そんなにすごい人たちがいるなら安心だね！」

と、叫んだ。お父さんはそんな僕を見て苦笑するとポンポンと叩く。その後ノムおばさんに改めてお礼を言って僕に帰宅を促した。この時の僕はまだこんな幸せな日々がずっと続くと信じていた。

『それ』は丁度僕たちが夕食をしている時にやって来た。最初に異変に気づいたのはお父さんだ。

「ん？　なんだか地響きのような音が聞こえないか？」

そのお父さんの言葉に僕もお母さんも耳をすませる。確かに僅かだが何かが走っているような音が聞こえる気が……。

「ちょっと様子を見てくる……『大量の魔物が襲ってきたぞ!!　皆逃げろ！』……なに!?」

様子を見に外に出ようとしたお父さんは外から聞こえて来た声に動きを止める。慌てて家族揃って外に出るとそこには信じられない光景が広がっていた。燃える家、逃げ惑う知り合いのおじさんおばさんや近所の友達……そしてそれを追いかける異形の怪物……恐らくあれが魔物なのだろう。生まれてきて十二年。それまで魔物を見たことがなかった僕は恐怖に固まってしまった。その間にも村の中からは悲鳴や魔物の咆哮《ほうこう》が聞こえてくる。

「ノエル！　危ない！」

不意にその言葉と共に突き飛ばされる。声からお母さんの声だとわかるが、なんで突き飛ばされたのかわからなかった僕は声が聞こえた方を振り返った。

「……え？」

そこには僕を突き飛ばした体勢のままで、豚の様な顔をした魔物の持つ槍によって、串刺しにされているお母さんの姿があった。どうやら僕を後ろから襲おうとしていた魔物に気づいて僕を庇《かば》って代わりに刺されたようだ。

「サフィラ！　畜生……！　逃げるぞノエル！」

お母さんが槍で突き刺されたのを見たお父さんは怒りの形相で豚の様な顔をした魔物に襲いかかろうとするが、その魔物が僕の方を見たのを見て……そして未だに現実を受け入れる事ができず立ち尽くす僕を見て、悔しそうな顔をすると僕を抱えて走り出す。追いかけてくる魔物の動きが鈍かったことも幸いして、追いかけてこようとしていた魔物を振り切って村の出入口へとたどり着いた。

そこから村の中心部を見ると、沢山あった家は焼けて、沢山の魔物が逃げ惑う人達に襲いかかり、その度に悲鳴が上がっていた。

「うぉえぇええ！」

肉と木が焼ける臭いが鼻を突き、僕はその場で蹲《うずくま》り、先程まで食べていたはずの夕食を吐き出す。そこにあったのはまさに地獄絵図とも言える光景で……質の悪い夢の中にいるみたいだった。しかし、これが質の悪い夢などではなくに現実だと思い知らされる事となる。

「ちくしょうが!!」

お父さんが村の入り口を見て悔しそうに毒づく。お父さんの視線の先を見ると、先程お母さんを槍で突き刺していた豚のような魔物がこちらに向かって走ってきていた。しかも三匹も……だ。いくらお父さんが鍛《きた》えているとは言っても魔物と戦うための適正職業持ちではないお父さんでは、一

番弱いF級の魔物一匹でさえも、苦戦するどころか基本的には勝てない。しかもお父さんは素手なのに対して魔物は手に武器を持っている。結果は明らかなのだ。お父さんもそれを悟っているのか――。

「お前だけは絶対に逃がして見せる。」

そう言って僕を一度抱きしめると――、

「うぉおおお！　サフィラの仇《かたき》だ！　手前等、全員挽《ひ》き肉に変えてやるよ！」

と大声を出して魔物の気を引きながら魔物達へと向かって走っていく。それに釣られるかのようにお父さんの方へと向かう魔物たち。しかしそれは他の魔物をも引き寄せる事になってしまい……。

「おとう……さん」

目の前で魔物達に蹂躙《じゅうりん》され、苦悶《くもん》の声をあげる間も無く、肉塊《にくかい》に変えられてしまったお父さんを見ても、何故か僕は動けなかった。いや、本当ならばお父さんが時間を稼いでくれたのだから逃げなくてはいけなかったのだ。しかし、僕の体は僕の意思に反して動いてくれなかった。そして先程のお父さんのように魔物に囲まれることになる。そんな中で僕は死を感じながら目を閉じて暗闇に意識を落とした。

◆

「んん？」

いつの間に寝てしまったのか僕は今、目を覚ました。しばらく何があったのか思い出せずにボーッとしていたが、一つずつ記憶を辿って行く。そして、ハッとすると。辺りを見渡して、「あれ？」

と間抜けな声を出す。

というのも僕が覚えている後の記憶が魔物に囲まれた所で終わっているからだ。そんな状況で終わっているのに目が覚めたのはベットの上だ。つまりもう僕は死んでしまっているのか、昨日のあれが夢だったのかどっちかである。とりあえずほっぺをつねって確認。

「いてっ！」

痛みを感じる。流石に死んでまで痛みを感じるとは思えないから、昨日のあれが夢だったたって事だろう。まぁ流石にダンジョンの氾濫なんてそうそう発生するわけもないのだ。おそらく昨日ノムおばさんとお父さんがダンジョンの氾濫について話していたから、怖くなってあんな夢を見たのだ。そんな風に自分を納得させてウンウンと頷いていると扉をノックする音が聞こえて一人の男の人が部屋に入ってくる。

「おや？　起きていたのか少年」

知らない男の人だ。少なくとも僕のお父さんではない。それだけは確かだ。

「あの……あなたは？　それにお父さんとお母さんは？」

先程見た悪夢のせいか、嫌な予感がしながらも僕は尋ねずにはいられなかった。いや、本心では気づいていたのかもしれないが……。

「すまない」

男の人の口から出てきたのは僕の嫌な予感を肯定するかのような言葉だった。

「すまないって……何のことですか？」

嫌だ、嫌だ！　聞きたくない。聞いてはいけない。そうだ！　今からもう一度眠りなおせばいい。そしたら今度こそお父さんとお母さんが寝坊した僕を気まずそうに笑いながらも起こしに来てくれるだろう。僕の心は必死にそう僕に訴える。

しかし、僕の体はそんな意思に反して男の人の目を見る。男の人のこちらを見る視線はどこか哀れみを含んでいるのが幼い僕でもわかるくらいで……。

「俺は君たちの村の近くに新しく発見されたダンジョンの討伐を依頼された『深夜の狼』と言う冒険者パーティーのリーダーをしているウェルだ。俺たちがダンジョンに到着した時にはもうダンジョンは氾濫を起こしていてな……俺たちは別れて近隣の村へと向かったのだが、俺たちが到着したときにはもう……君の村に住んでいた人たちは恐らく君を除いて皆死んでしまっていた。逃げ切った人たちもいたかもしれないが、あれだけの数の魔物だ……恐らくは希望はないだろう」

その言葉を聞いた僕はフラフラと窓の方へと歩く。窓から身を乗り出して外を見た僕はウェルと名乗った男の人が言ったことを本当だと認めざるを得なかった。なぜならそこにあったのは、小さいながらも活気のあったアーシャの村では無く、所々燃え残りが残ってはいたが、ただの大きな焼け跡だったのだ。僕がアーシャ村の焼け跡だと気づけたのも、所々残っている建物の破片がアーシャ村の家のあった場所と一致していたからで、他のアーシャ村を知っているだけの人が見ても、ここが元アーシャ村だっただなんて信じられないだろう。つまり、僕の記憶は悪夢なんかではなく、お父さんやお母さん、ノムおばさん達はもうこの世界にはいないってことだった。

「どうして！」

事実を理解してしまった僕は思わず男の人に詰め寄る。自分が間違ったことを言っているのを理解しながらも僕はその手を、その声を止めることができなかった。

「あんたらがもっと早く来てくれてれば！　もっと早く出発してくれていたらお父さんは……もしかしたらお母さんも……いや！　村の皆だって死ぬことはなかったかもしれないのに！　どうして！　あぁぁぁぁぁあ!!」

ウェルさんの胸を叩きながらも僕は叫び続けた。ウェルさんは僕が泣き疲れて再び眠ってしまうまで、ずっとなすがままにされていた。

◆

俺はさっきまで涙で顔をぐしゃぐしゃにしながら俺にすがり付き、自分の心情を吐き出していた少年を再びベットに横たえると布団をかけ直した。今は泣き疲れて眠っている少年の顔を見つめて一人呟く。

「どうして……か」

涙を流しながら自分の胸を叩く幼い姿を見てかつての自分を思い出してしまう。しかし、今は感傷に浸っている場合では無い。下では他の村に救援に向かっていた仲間達が集まっているのだ。リーダーの自分がいつまでも戻らないのは問題だ。……とは言ってもその程度の事で怒るような仲間では無いことは理解しているのだが……。俺はもう一度少年の顔を見てからそっと部屋を出た。部屋を出ると階下の他のメンバーが集合している所に向かう。

「遅くなってすまない」

俺は集まっている皆に謝罪の言葉を告げる。

「良いってことよ。少しとはいえこっちにも声は聞こえてた。事情は皆理解してるしな」

赤髪短髪の赤魔法師であるイグニスが手を後ろで組み、足を机の上に乗せた状態でチラリとこちらを見ながら言う。

青髪碧眼の青魔法師で、パーティーの母親の様な存在であるシエラが何か言いたげにイグニスの方を見ているが、結局ため息を一つついただけで何も言わない。言ったところでイグニスが聞かないのを理解しているが故だ。

「皆……どうだった？」

席についた俺は、まずは他の村の被害状況の確認を行った。どこかめんどくさそうな声で最初に報告したのはイグニスだ。勿論足は机の上に乗せたままである。

「俺んところは被害はかなり少なかったな。死者は出ていねぇ。魔物も高くてもD級のが数匹しかいなかったから。見つけ次第、俺の銃で吹っ飛ばしてやったよ」

俺はイグニスの言葉に頷くと次に赤髪長髪でイグニスの妹の緑魔法師レンの方を見る。

「僕の所は兄さんと違って全く被害なしですねぇ。道中で数匹倒したけどどれも雑魚《ざこ》ばっかりだったし、村の方に至ってはまだ一体もたどり着いていなかったですよー」

敢えて「兄さんと違って」の所を強調してイグニスを煽《あお》りに行くレン。その言葉を聞いてレンの挑発に「おっ？　やんのか？」と簡単に乗っていくイグニスは、やはり赤魔法師らしいと言えば良いのだろうか？　しかし――。

「いい加減に、しなさい！」

「あだっ⁉」

「痛いですよー」

喧嘩（というよりもじゃれあい）を始めようとしていた二人は、シエラに拳骨《げんこつ》を落とされて、仲良く頭を抱える事になる。

「すまんな。助かった」

「そう思うならあなたも二人を止めてくださいよ！　仮にもパーティーリーダーでしょう？」

「すまん。俺には荷が重い」

俺の言葉に頬を膨《ふく》らませながらも、しつこく「やれ」と言ってこないシエラは本当に面倒見がいい。それこそ『聖母』だなんて二つ名を持つほどに。そんなじゃれあいも直ぐに終わり、後は俺とシエラの報告だ。

「俺たちが向かったこの村には魔物が百以上向かっていた。見たらわかることだが、そのせいで被害もかなり甚大だ。魔物は全滅させたが、少年一人を除いて村は全滅している」

その言葉に皆は目を伏《ふ》せる。

「これからその少年をどうするかを皆で話し合いたい」

俺の言葉に『深夜の狼』メンバーが話し始める。

「俺は……できればあの少年の面倒を見てやりたいと思っている」

「それが無理だと言うことはリーダーが一番よくわかってるはずだが？……まぁ、理由は察せなくも無いが」

イグニスは俺が過去に両親を魔物によって殺されている事を知っている。それも今回の少年の様にダンジョンの氾濫に巻き込まれる形で、だ。それを知っているからこそあんまり強く言ってこないのだろう。それに、俺が少年の面倒を見ることなど不可能だと言うのは俺自身が良く分かっている。だから――。

「俺はあの少年をアルンの孤児院に預けようと思う。勿論少年の意思を訊いてからだが、恐らく少年も嫌だとは言わないだろう」

先程少年と話してみた感じだと、幼いながらもそれなりに頭が良いという印象を受けた。それよりも問題は――。

「だが、そうすると俺達がここまで来る時に使った物資が全て無駄になることになる。それだけじゃなくこのアーシャ村からアルンまで馬車で片道一ヶ月、往復で二ヶ月だ。それなりに時間もかかるだろうし、再び物資を集める時間を考えると更に時間が必要になってくる。だから……」

それこそ一番近くの村に、事情を話して引き取ってもらう方が良いのは理解しているし、孤児院に預けるというのは俺達のホームであるアルンにある孤児院なら、依頼を終えた後にでも顔を見に行けるという自分本位な理由だ。なのでこの事に関してはお前達の判断に任せる。と言おうとしたのだが、つまらなさそうに自分の髪の毛を弄っているレンによってその言葉は遮られる。

「心配しなくても一人生き残った子どもを放置してダンジョンを探索しようなんて言う奴はこのパ

ーティーには一人もいないですよ」

「今まで何回もこんな事があったのなら話は別ですが、幸いにも今回が初めてです。それにリーダーの気持ちは理解できますしね」

レンの言葉に被せる様にシエラも頷いてくれる。イグニスも特に文句は無いようだ。

「すまない、皆。恩に着る」

そう言うと俺はパーティーメンバーに頭を下げるのだった。

◆

「ウェルさん……さっきはすみませんでした」

再び目覚めた僕はウェルさんに頭を下げてさっきの事を謝っていた。しかしウェルさんは手を振りながら、

「いや、俺たちがもっと早くついていれば少年の家族や村の人たち救えたかも知れなかったのも事実だ。謝る必要は無いよ」

とウェルさんが微笑みながらこちらを見る。改めて見ると茶髪に茶目のかなり整った顔立ちをしていた。

「それで……これからのことなんだが……」

切り出しにくそうにウェルさんが言う。僕は何を言われるのかわからずに首を傾げる。

「俺たちと一緒にアルンにこないか？」

「アルンへ？」

王都アルンはこの村から歩いて二ヶ月、馬車で一ヶ月かかるかどうかという場所にある、名前の通り人族を纏《まと》めている王様がいる、人間の過ごす場所で一番大切な場所だ。

「そうだ。他の町や村じゃ難しいが、王都には魔物災害やその他の理由から孤児になった者の面倒をまとめて見ている孤児院があってな。そこならえーっと……」

そこでチラチラとこちらを見るウェルさんを見て、僕はまだ自分の自己紹介どころか助けてもらったお礼すらしていない事を思い出し慌てて自己紹介をする。

「あっ、僕の名前はノエルです。遅くなりましたが助けてくださり、ありがとうございました」

そう言って頭を下げる。僕の謝罪を手を振って受け入れたウェルさんが話を続ける。

「まぁ、その孤児院ならノエル君も十五歳までは衣食住が保証されるし、適正職業につくこともできるだろう」

『適正職業』

普通ならばお父さんがやっていた猟師やノムおばさんがしていた料理人なんかの事をさす職業だが、今回の場合は違う。魔物と戦うための職業だ。ちなみに言っておくと、誰でもこの適正職業に就くことはできる。特にどの職業になりたいとか選り好みしなければ、才能なんてものも特に必要は無い。ならばどうしてお父さんが魔物と戦うための職業に就いていなかったかというと、簡単な話だ。適正職業に就くには王都でしかできない儀式をする必要があり、王都に行ったことの無いお父さんは適正職業を得ることができなかったのだ。馬を使って、その儀式が行われるちょうどのタイミングに行ったとしても、流石に往復の時間で二ヶ月もの間仕事を任せれるだけの人員も暇もなかったため、魔物と戦う職業を持っている人はこの村には一人もいなかった。それに完全に割り切ったとはとても言えないが、覚悟などできていようといなかろうとこれからは一人で生きていかなくてはならないのだ。それならば十五歳まではいえ衣食住の全てが保証される孤児院に行くのはベストな判断だと思えた。危険な道中もS級の冒険者達と一緒なら魔物等に襲われても問題は無い。

そう考えた僕は頷き、

「是非ともよろしくお願いします」

とまた頭を下げた。

「よし、それじゃあノエル君の準備ができ次第出発しよう！」

ウェルさんはそう言うと僕の頭をポンポンと軽く叩いた。

◆

「ではノエルをよろしくお願いします」

「かしこまりました。私も全力で彼をサポートしましょう」

ウェルさんの言葉に頷く優しそうなおじさん。この人がこの孤児院の院長さんだ。僕たちは馬車を使った一ヶ月の旅を無事に終えて今、その終着点である孤児院にたどり着いていた。

「うぅー、ノエルー！　行くなよー。俺たちと一緒にずっと旅をしようぜー」

「そうですよーノエル君がいなくなると僕たち寂しいですよー」

イグニスさんとその妹のレンさんがそっくりな仕草で手を伸ばす。こういうところを見ているとホントに兄妹なんだなぁとつくづく思わされる。

「私もノエルと離れるのは寂しいけれど今のノエルじゃ私たちの旅についてこれないからって結論に達したでしょ？　それに私たちにはまた次の依頼もあるのよ。ノエルが適性職業を手にいれるまで待ってる暇もないわよ」

「そうだ、それにノエルは後二年はここにいることになるからな。俺たちのホームもアルンなんだし会おうと思えば会えないこともない」

イグニスさんとレンさんがワガママを言って、それをシエラさんとウェルさんが止める。これがいつものこのパーティーの日常だ。僕？　僕はこのパーティーでイグニスさんやレンさんに引っ張られてウェルさんに拳骨を落とされたり、二人を止めようとシエラさんと一緒に四苦八苦したりと両方のポジションにいたなぁ……今思うと雑用をしながらも塞ぎ込んでいた僕を励ますためにわざとあんなに騒いでいたのかもしれない。そのお陰もあってか、僕は完全に吹っ切った……とは言わないまでも、もう悲しくて仕方がないなんて事になることはなくなった。……まぁ今でも少し寂しくなることはあるんだけど。

「それにだ。ノエルも冒険者を志すらしい」

ウェルさんの言葉に僕は頷く。

「おっ!?」

「これは楽しそうですねー」

「へぇ」

ウェルさん以外の三人が驚きの表情をする。

「いつか冒険者になって強くなり、機会があればまた一緒に冒険しよう」

「はい！」

ウェルさんの言葉に僕は大声で返事をして手を握る。

「この二ヶ月、本当にありがとうございました」

僕の言葉に『深夜の狼』の皆は頷くと、

「それじゃまた一緒に冒険できる時を待ってるぜ」

とイグニスさん。

「また一緒にイタズラしましょうね」

とレンさん。

「あなたの成長した姿を見ることができるのを楽しみにしています」

とシエラさん。

「これから大変なことも多いとは思うが頑張れよ。応援している」

後にあの時のお父さんのようにポンポンと二回頭を軽く叩いて外に出ていくウェルさん。僕は彼らが見えなくなるまで頭を下げ続けていた。

孤児院での生活は基本的に集団行動だ。同じ部屋になった同い年の少年マーカスに起こされて孤児院の朝の掃除。それが終わった後は朝食。そして一〜二時間程度の勉強の時間がある。勉強が嫌いなアインなんかはこの時間は逃げようとしてよく院長先生に怒られている。その勉強時間が終わって昼食を食べれば自由時間だ。自由時間になると、僕は孤児院にきて早速仲良くなったマーカスやアイン、キープと共に鬼ごっこをしたり、冒険者ごっこ（軽く木の棒で打ち合うだけ）をしたりしていた。それが終われば今度はお風呂の時間。そして、夕食を食べて歯磨き等をすれば後は再び自由時間。とは言っても外に出ることはできないので、できるのはお喋りか簡単な復習くらいだ。
ちなみに食事や片付けば当番が決まっており、その当番の人がサポートの大人を一人つけてすることになっている。とはいっても基本的にはサポートの人が殆《ほとん》どやることになってしまうのだが、サポートの人に、

「ノエル君は基礎がしっかりできているから楽でいい」

と褒められた時は結構嬉しかった。こうして孤児院での日々は過ぎていった。

そんな孤児院での生活も早いものでもう一ヶ月が過ぎた。

「遂にこの時が来たな！」

マーカスなんかは楽しそうな顔を隠そうともしない。まぁ、そう言う僕も楽しみな事は否定しない。何と言っても今日は待ちに待った適性職業につくための儀式の日だからだ。僕たちは各々適性職業に就くための儀式を受けた後、選べる職業を見てもらい、その中から自分の就きたい職業に就くことになる。それが、僕たちの冒険者になるための第一歩だ。

「適性職業と呼ばれる職業はこの世界に五つあります。

まずは赤魔法師。火属性に高い適性を持つ魔法師で水属性による攻撃に対する耐性がかなり低いです。視力が高いものに適性が高いものが多いことが特徴で、どちらかと言えばおおざっぱな性格の人や単純な人がなることが多い。魔法の特徴としては誘導弾のような攻撃魔法が多い。使用する武器は弓矢や銃が多いのも特徴です。

次に青魔法師。水属性に高い適性を持つ魔法師で地属性による攻撃に対する耐性がかなり低いです。治癒や支援系統の他にも攻撃系の魔法が得意で、かなりバランスが取れているため人気が高い。魔法の特徴としてはよく言えば万能、悪く言えば器用貧乏ですね。使用する武器に特に特徴はありません。

次の茶魔法師は地属性に高い適性を持つ魔法師で風属性による攻撃に対する耐性がかなり低いです。とは言っても他の魔法師の弱点属性に比べたら全然耐性は高い方なのですが……守りに秀でていて苦手な風属性以外の魔法ならばよほど実力が離れていなければ防ぐ事が可能です。硬化が主な魔法の特徴ですが、大地に作用する魔法のため、農家なんかに好かれたりする魔法でもあります。使用する武器は斧や大盾が多いです。

緑魔法師は風属性に高い適性を持つ魔法師、そのため火属性による攻撃に対する耐性がかなり低く、元から防御力が低いために火属性の攻撃を受けると一撃死する可能性もそれなりに高いです。元々攻撃力はかなり高く、それに反比例するかのように防御力が低いのが特徴です。しかし、その防御力の低さが問題にならないほどの高い攻撃力と機動力により、青魔法師と同じくらいに人気は高いですね。魔法の特徴としては、体に作用してスピードを上げたり物を切ることに特化している魔法が多いです。近接戦闘がメインのため使用する武器は刀や短剣が多いです。

最後に白魔法師ですが回復魔法にしか適性がなく、他属性の魔法を全く覚えることのできない代わりにバカみたいな魔力量を持つ魔法師です。簡単な怪我や病なら薬や、他の魔法師でも使える最低限の回復魔法である「ヒール」でどうとでもなるため、どれだけ適性が高くとも冒険者を目指すならば選ぶ人がいない職業。というよりも今まで白魔法師の適性が出てきた人はその適性がどれほど高かろうとも他の職業を選んできました。そして、この白魔法師の圧倒的な不人気にはそれなりの理由があります。まず、先程お話ししましたように白魔法師の特徴として回復の魔法への適性が高いことがありますが正直適性が少しでもあれば使えるヒールで大抵どうとでもなるため他の職業で良いこと。別に白魔法師のヒールだからといって欠損が回復できるわけでもないですからね。また白魔法師になると他の属性への適性が全くなくなってしまうため他の魔法が使えなくなるというデメリットが発生します。どれだけ魔力が多くともこれでは宝の持ち腐れなのです。回復力や支援力は白魔法師に勝てなくとも攻撃もできて、それなりに回復や支援ができる青魔法師の方が人気なのも道理という事ですね。まぁ、要するに医者や薬師などの治療を専門とする人用の適性職業です」

これは、院長先生が適性職業についての授業で話していたことで、各々の職業の特徴を纏めたものだ。うん、冒険者になりたい僕としては、何としてでも白魔法師以外を選ばないといけない。とは言っても基本的に、一人につき二つは適性職業があるはずだから、万が一白魔法師があっても、もう片方の職業を選べば良いだけだ。それにしても院長先生の話だともうすぐ終わるはずなんだけど……。そう思った瞬間に「順番に別の部屋に移動するように」と指示が出て、僕も列に並ぶ。列が進んでいって、ちょっと前に部屋に入ったマーカスは、

「自分は赤魔法師にした」

と自慢していたし、アインは、

「俺は青魔法師だ……ふっ！」

って感じに自慢して帰ったしキープは、

「茶魔法師になったよー」

とのんびりと報告して帰っていった。僕が緑魔法師だったら四人でもバランス取れてるし訓練もしやすいかもしれないな……そこまで適性が低いわけでもなかったら僕は緑魔法師にしようかな？なんだかんだ言ってレンさんが敵を豆腐みたいに切っていく姿はかっこよかったし。なんて事を考えていた僕だったが……

「適性は一つ。白魔法師です」

これが僕が部屋に入って直ぐに言われた言葉だ。

「どうしますか？　かなり適性は高いですから優秀な医者や薬師にはなれると思いますが」

固まっていた僕だったがその言葉に再起動する。

「えっと、僕には白魔法師しか適性がないってことですか？　確か基本的には二つは適性があるはずだって聞いてたんですが……」

僕の言葉に目の前の女性は頷くと、

「確かに基本的にはそうですがあくまで基本的でしかありません。稀《まれ》にですが適性が一つの方もいらっしゃいますよ。まぁ、白魔法師は初めてのケースですが」

どうやら本当に僕には白魔法師の適性しか無いらしい。なので僕は無いよりマシか……と観念して
「それでは白魔法師でお願いします」

と告げたのだった。


「なぁ、ノエルは適性職業何にしたんだ？」

孤児院に戻って直ぐにマーカスに一番聞いてほしくないことを聞かれる。

「緑魔法師かな？　ノエルが緑魔法師なら俺たち四人でパーティー組んでもバランス良いしな。まぁ、適性があればの話だし、無かったとしてもそれはそれで何とかなるだろ」

アインも僕と同じような事を考えていたようだ。ちなみにキープは無言。

「えっと……僕の適性は一つしか無かったんだ。だから仕方なくそれにしたよ」

その言葉でアインは薄々察したのか可哀想な人を見るような目になり、キープは変わらず無言。

しかしマーカスはそれでわからなかったのか。

「んで？　結局何になったんだ？」

と尋ねてきた。流石にこれで答えないのも問題かと思い、ため息をつきながらも僕はマーカスの

質問に答える。

「白魔法師」

その言葉にマーカスが何かを察したような顔になる。

「えーっと……それじゃ冒険者になるのは無理……だな」

しかしマーカスの問いに僕は首を振る。

「いや、確かに冒険者には向いてないかも知れないけど、何とかして冒険者にはなるつもり。僕は諦めたくないから」

しかし僕の言葉を聞いたマーカスはこちらをつまらなさそうにチラリと見ると、

「そーかよ……行こうぜキープ、アイン」

と二人を連れて行ってしまった。いきなりのマーカスの豹変度合に僕は首を傾げながらも、その日はもう寝る時間だったため部屋に戻った。マーカスはまだ戻ってきていなかったため、一人で先に寝た。僕が異変に気づいたのは次の日からだ。何時もの自由時間になり、いつも通りマーカス達の所に行こうと思ったらもうすでにマーカス達の鬼ごっこは始まっていた。しかも四人で、だ。昨日まで僕がいた所には代わりにノノが入っていた。昨日のマーカスのこちらを見た目を思い出し、何となく嫌な予感を感じながらもマーカス達に声をかける。

「ねぇマーカス。僕もいれてよ」

思わず声が震える。いつもならここで僕を加えて鬼ごっこの再開だ。しかし今日は、

「失せろよ雑魚が。俺たちは冒険者になるために頑張ってるんだ。冒険者の才能もねぇ奴に構っている暇はねぇ」

と突き飛ばされた。

「へ？」

何がなんだかわからなかった。

「俺たちが今までお前と遊んでいたのはお前がS級冒険者パーティーの『深夜の狼』の知り合いだって聞いたからだ！　お前と一緒にパーティーを組んでいたらいつか『深夜の狼』に色々と教えてもらえるかも知れねぇ……そう思っていたけどお前が白魔法師だってんなら話は別だ。もうお前と仲良くする必要なんてこれっぽっちもないんだよ……忙しい『深夜の狼』が白魔法師のお前なんかに態々《わざわざ》教えるようなことはないだろうからな」

そう言うとマーカスは遊びの輪に戻っていく。マーカスに言われて改めて周りを見回すと辺りにいる冒険者志望の孤児は皆四人一組でいることがすぐにわかった。マーカスのグループにいたときは気づかなかったが皆この孤児院を出てから冒険者になったときのためにもうパーティーメンバーを探していたのだ。そうと気づかずに僕はマーカス達とただ遊んでいただけだったためパーティーメンバー候補はいない。しかも、他の組に声をかけようにも近づいただけで拒絶されているかのような雰囲気を出されては近づくこともできなかった。

「久しぶりだなノエル」

「ウェルさん！」

孤児院で一人ぼっちになってしまった次の日、ウェルさんを含めた『深夜の狼』のメンバーが孤児院に遊びに来ていた。

「久しぶりだな！　ノエル！」

「お久しぶりです。ノエル君」

「イグニスさんとレンさんも元気そうで何よりです」

この二人は相変わらず仲良しだ。そして、

「お久しぶりですね……ノエルさん」

何故かぐったりとしているシエラさん。心なしか髪にも艶《つや》がない。

「シエラさんは………あまり元気そうには見えませんね……」

その言葉にシエラさんが苦笑する。

「どこかのバカ二人が面倒をかけてくれますからね……」

そう言ってイグニスさんたちを睨むシエラさん。しかし二人とも慣れているのかそんな視線は知らんぷりだ。そして、そのまま僕に話しかけてくる。

「そーいやノエル！　適性職業は何にしたんだ？　赤だよな!!　赤魔法師！」

「何言ってんですか兄さん！　緑に決まってるじゃないですか！」

イグニスさんとレンさんの言葉に僕は固まってしまった。

「すみません。僕は赤にも緑にも適性が無かったんです」

「なっ！　なん……だと⁉」

「そんな……！」

イグニスさんとレンさんが絶望したかのようにその場に崩れ落ちる。

「ふむ、ならば茶か青だったと言うことかな？」

「それならば良かったです。基本を教えるにしてもあの二人では心配でしたから」

ウェルさんとシエラさんが微笑んでいるがその二人の言葉にも首を振る。

「すみません。僕には赤と緑どころか茶や青にまで適性が無かったんです……僕の適性は白魔法師だけでした」

なんだかウェルさんに白魔法師だと当てられて知られるよりは自分から言った方がいいと思って結局自分から伝えた。

「白魔法師だけか……確かに一つの属性のみにしか適性が無かった人の話は聞いたことがあったが、実際に見たのは初めてだ。それも白か……ふむ」

ウェルさんが顎《あご》に手を当てて考え事を始める。やはり冒険者には向かないから諦めて医者か薬師になれと言われるのだろうか？　そう思って身を固くする僕だったが、次にウェルさんの口から出てきたのは意外な言葉だった。

「こうなると誰が教えるのがいいんだろうな？」

話を聞いてみるとウェルさん達は僕の適性職業が決まれば、その職業と同じ人が僕を鍛えるということにしていたらしい。しかし、僕の適性職業は白魔法師だ。『深夜の狼』の中には白魔法師はいない。というか少なくとも『深夜の狼』の知る限りでは冒険者に白魔法師はいないらしい。だから誰も教える事ができないのだ。

「とりあえずどの職業でもできることから教えていけばいいか」

どうやら考えているうちに結論に達したらしく僕の方に向き直る。

「それではノエル。今から君に魔力の使い方を教える」

「えっと……あの……僕は白魔法師ですけどいいんですか？」

思わず口から出てしまった言葉にウェルさんは、

「確かに冒険者にはまだ白魔法師はいない。いざというとき攻撃魔法が使えないというのはかなり大変なことだし、それはかなりのハンデになりうるだろう。だけど白魔法師が冒険者になってはいけないルールなんてないだろ？　ノエルが白魔法師でも冒険者になれると言う前例になれば良いだけだ。」

ウェルさんは笑ってそう言ってくれた。僕はただそれだけの事が嬉しくて、

「よろしくお願いします」

と頭を下げて『深夜の狼』の皆さんに師事することにした。

「まずは魔力についてだ。通常ならば魔力は適性職業に就いたときに目覚め始めて、そこからゆっくりと自覚していくものなのだが……今回は俺たちの手で強制的に目覚めさせる」

ウェルさんが説明を始めるが僕は強制的という言葉を聞いて少し不安に感じてしまう。

「えっと……強制的って大丈夫なんでしょうか？」

「大丈夫だって！　別に強制的にしたからってデメリットは何もねぇからよ！」

何時もみたいな感じで、僕の肩にイグニスさんが手を置く。

「それに……」

「……？」

言葉を止めたイグニスさんに僕は首を傾げる。

「もう終わったからな」

「えぇぇーーー!?!?」

確かにイグニスさんが肩に触れてから、なんだか体の奥にモヤっとしたものがあると感じるようになっていた。

「もしかしてこのモヤっとしているのが魔力ですか？　っていうかやるならやるって言ってくださいよ!!」

「ハハハ。悪い悪い。でも不意打ちでしないとノエルは逃げるかもしれないだろ？」

「本音は？」

「驚くノエルの顔が見たかった」

イグニスさんは大して悪びれもせずに本音を話す。僕はジト目でイグニスさんを見るが、その手の視線はシエラさんで馴れているのか僕の視線くらいじゃ正に柳に風と言った感じだった。

「それじゃあ魔力が目覚めたところで次はその魔力を循環させてみようか」

「循環？」

確かに体の奥にモヤっとしたものを感じるのは感じるのだがどうやって動かせばいいのかはわからない。

「それも僕たちが手助けするんですよ」

と僕の肩に手を置いてニヤリと笑みを浮かべるレンさん。まさかと思う間もなく体の中のモヤモヤが体の中を蠢《うごめ》いているのを感じる。正直言って少し気持ち悪い。

「ほらほら、ノエル君も自分で動かそうとしてみてください。僕ばっかり動かしてちゃ意味がないですよ？」

レンさんは簡単そうに言うが、やり方もわからずにどうすればいいというのか。

「えっと……どうやって動かせば？」

「イメージしてください。体の中にある紐を引っ張るようなイメージでしょうか？　少なくとも私はそれで練習しましたね」

僕の問いに答えてくれたのはシエラさんだ。

なるほど、初めからあったモヤモヤを毛玉として、身体中を動いているのはそこから引っ張られた紐って感じなのか。僕はそのイメージを使って体の中の魔力を動かしてみる。

「おっ!?」

体の中を動く魔力のスピードが段違いに上がった。

「うーん……これは……もう僕のアシストも要らないかもしれないですね」

そう言って肩から手を離すレンさんだが、その途端にガクンと魔力を動かすスピードが落ちる。まるで急に二十キロくらいの重りをつけられたような感じだ。

「そうだな……今回はここまでにしよう。丁度ノエルの自由時間も終わりのようだ」

そう言ったウェルさんの視線の先には、こちらに向かって歩いてきている院長先生がいた。そろそろ夕食の時間のようだ。久しぶりだからと言って少し話しすぎたかもしれない。

「これから毎日魔力を動かして体内を循環させる練習をしておくといい。魔力の操作は意外と大切なことだからな」

「それと同時に体も鍛えておけよ？　いくら後衛職だって言っても最低限の体力がないとやってけないからな」

ウェルさんの言葉と同時にイグニスさんもアドバイスをしてくれる。

「はい！　ありがとうございました！」

僕は帰っていく『深夜の狼』のメンバーに頭を下げて別れを告げてから院長先生と共に夕食へと向かうために並んで歩く。

「ノエル君。辛くは無いですか？」

「……？」

一瞬院長先生が何を言っているのかわからなかったが、直ぐに答えに行き着いた。院長先生は僕が白魔法師になったことで孤児院の中で孤立してしまった事を気にしているのだろう。

「大丈夫……とは言えないですね。正直どうして良いのかわからないです」

まだ僕が白魔法師になって一日しか経っていないにもかかわらず、孤児院内の環境がガラッと変わったのは感じ取れた。何故かはわからないが、マーカスのグループから追い出されて以来冒険者になろうとする組以外の孤児達からも疎外《そがい》されるようになったのだ。

「悲しいことですがこれは新しい子が適性職業の検査を受けるときによく起こることで、毎回理由は違えどノエル君の様に疎外され始める子が出てくるのです。特に今回は新しく適性職業検査を受ける子が多かった……それもあって何時もより激しい疎外をノエル君が受けることになっているのでしょう」

院長先生の言葉に僕は俯《うつむ》くしかなかった。

「改めて聞きましょう。ノエル君は白魔法師です。冒険者を目指すと言うのなら、これからもこの様な事は起こりうるでしょう。それでもノエル君は冒険者を目指すのですか？」

「勿論です！　僕は僕を助けてくれた『深夜の狼』の皆さんみたいに誰かを助けられる冒険者になるって決めたんです！」

そう言いきった僕の目を覗きこむ院長先生。しばらく見つめあった後、

「よろしい。では食後に私の部屋に来なさい」

院長先生はそう言って先に歩いて行った。

「失礼します……うわぁ」

ノックをして院長先生の部屋へと入る。初めて入ったので中に入って圧倒された。院長先生の部屋には沢山の本棚があり、その中にはみっちりと本が詰まっていたのだ。

「よく来ましたね。ノエル君」

院長先生の声にハッと我に返る。院長先生の方を見るとその優しそうな顔に笑みを浮かべてこちらを見ていた。

「すっ、すいません。あまりにも本が多かったものですから……」

院長先生の笑顔を見て少し恥ずかしくなってしまった僕は目をそらしながら言い訳をする。

「大丈夫ですよ。ここを初めて見る人は大抵そんな反応をしますから」

しかし、院長先生はそれを笑って許すと僕に目の前の椅子にかけるように言う。僕は院長先生の言う通りに目の前にあった椅子に座った。

「ここにノエル君を呼んだのはですね。ノエル君にここにある本を読む権利を、あげようかと思いましてね」

「本を読む権利?」

どうしてそんなものをくれるのか、いや、そんなものをもらってどうすれば良いのか解らなかった僕はおうむ返しに先生に聞き返してしまう。

「はい、ノエル君は冒険者になりたいと考えていますが、これから自由時間にできることはかなり限られて来るでしょう?」

そう言われて僕はマーカス達が夕食時に話していた事を思い出していた。彼らは明日から本格的に模擬戦をするつもりだと言っていた。一対一で模擬戦をして、パーティーメンバーの戦いかたを理解したり、他の冒険者志望のパーティーと模擬戦してパーティーの連携を試してみたりするそうだ。確かに僕にはそういったことは出来ない。パーティー候補もいなくなったし。

「なので、ノエル君はこれから自由時間にここに本を読みにくればよろしいかと。例えばこれとか……」

そう言って院長先生が差し出した分厚い本の表紙には『魔物全集F～D級編』と書かれていた。僕の頭に電撃が落ちる。

「気づきましたか？　こう言った本を読むことでノエル君は冒険者として必要な知識を得ることができます。F級の魔物ならば魔法を使わずとも倒せますし、E級の魔物も武器さえあれば倒せます。D級の魔物も戦い方の相性次第では魔法を使わなくても倒すことができます。そうして少しずつ名を売っていけばいつか君が白魔法師であってもパーティーに入れてくれる仲間も出てくるでしょう」

院長先生の話に僕は吸い込まれるように聞き入る。自分のするべき事が見えてきた気がしたのだ。

「流石に今日は遅いからね。明日からにして今日はもう寝なさい。別に本は逃げるわけでも消えるわけでもないのだから」

早速魔物全集の本を開こうとした僕を制して院長先生が呟く。僕は少し名残惜しかったが、流石に院長先生の言葉には逆らえずにしぶしぶと部屋を後にする。

『深夜の狼』の皆に魔力について教えてもらってから僕は毎日の自由時間を孤児院の中で過ごすことが多くなった。というのも魔力の循環練習も筋肉トレーニングも別に外でやる必要はないのだ。むしろ中でやらないと、ただでさえ狭い庭の中で何人もが走り回ったり、棒を振りまわしているので端のほうでもたまに流れ弾（というよりも流れ棒？）がよく飛んでくる。これは危険だと思った僕は慌てて孤児院の中で訓練をすることにした。

自由時間の五時間のうち、初の四時間を魔力の循環と筋肉トレーニングに充てて、体を休めているときは院長先生の部屋で本を読み、皆がへばって順番に中に戻ってくる一時間を使って外での走り込みをするという形を取った。その後、シャワーを浴びて夕食を食べ、極度の疲労によりすぐに就寝する。そんな生活を繰り返していた。一日目はうまく魔力を循環させながら筋肉トレーニングをすることができず、直ぐにバテてしまって勉強時間は短くなってしまったし、走り込みも魔力を循環させながらとなるとかなりしんどく、三十分後にはウォーキングになってしまっていた。その状態で二週間も続ければゆっくりとなら魔力を循環させながら筋肉トレーニングをすることもできるようになったし、走り込みも魔力を循環させながらできるようになった。……ただ、魔力を循環させていると体が少しだるくなってしまうのが玉に傷だろうか？　そして、訓練開始から一ヶ月もすると、魔力循環をしながらの筋肉トレーニングも楽にこなせるようになり、走り込みも魔力を循環させながらしている。そして、むしろ疲れなくなってしまったので夜の寝るまでの時間も院長先生が「もう寝なさい」とストップをかけてくるまで本を読んでいる。今僕が順番に読んでいる『魔物全集』だが、それぞれの魔物の特徴がかなり詳しく書いてあり、覚えるのも楽しかった。卒業後しばらくはソロでやらなくてはいけないのだ。知識を詰め込むのも必死になる。そんな生活を三ヶ月ほど続けた後、また『深夜の狼』がやって来たが、彼らは僕を見た瞬間怪訝《けげん》そうな顔をした。

「どうかしましたか？」

「少し筋肉がついたか？」

「まぁ、前がひょろひょろ過ぎたってのもあるんだろうけど」

「それに……多分ですけどー」

「魔力もかなり増えてますよね？」

僕の不思議そうな顔に『深夜の狼』のメンバーが順番に疑問に思ったことを口にする。

「筋肉は筋肉トレーニングをしてたからついたんだと思うんですけど……魔力ってそんなに増えているんですか？」

攻撃魔法どころか魔法を使えない僕には増えていても測る方法がないためわからないのだ

「えーっとー……多分最初の二〜三倍くらいですかね？　これくらいあれば休憩なしでも魔法をある程度は使い放題ではないでしょうか……ふむ、少し早いかもと思っていましたが回復魔法と支援魔法の練習を始めましょうか」

「ならシエラ、ノエルを頼んだ。流石に俺たちもノエルばっかりに構っているのも問題だからな」

「えー、僕はノエル君と一緒にいてもいいんですよー？」

シエラさんの言葉にウェルさんが同調して僕と一緒にいたいと駄々をこねるレンさんを引っ張っていく。それを苦笑いしながら見送ると、シエラさんが僕に回復魔法と支援魔法を教えてくれる。

白魔法師の本分は回復と支援だ。そういう意味では支援もできる青魔法師であるシエラさんが教えてくれるのは道理に適ってるんだけど……。

「白魔法師が青魔法師の支援魔法と同じものを覚えられるんですか？」

「まぁ水属性の支援魔法を覚えることはできないのですが、誰もが共通して使える無属性のヒールと身体能力向上の身体強化《ブースト》なら教えられますよ。試しに私がかけてみますね」

そう言ってシエラさんは僕に身体強化《ブースト》をかけてくれたんだけど――。

「あれ？　この感覚って……」

いつも走り込みしているときに魔力を循環させている時の感じに似ているような？　それをシエラさんに伝えると何かを考え込んでから、

「では一度魔力循環をさせてみてください」

と言われたので魔力循環をしてみる。

「これは……魔力循環？　いえ、かなり下手……というか魔力を垂れ流しすぎですが……一応身体強化《ブースト》……みたいなものにはなっていますね。しかもリジェネ効果つきですか。成る程、白魔法師の身体強化《ブースト》はこうなるんですね。便利です」

シエラさんが僕をジーっと見つめて何やら呟いている。

「どうしたんですか？」

珍しい様子のシエラさんに尋ねると、

「ノエル君にはっきり言いますと、この状態じゃ魔力の循環はまだ完成していません」

「え？」

　いきなりの言葉に僕は固まってしまう。

「今のままではただ魔力を垂れ流しているだけです。循環とは体の中で魔力を回すことですからね。体全体を回したあと後に魔力を元の場所に戻す様なイメージをしてみてください」

　元の場所に戻す……か。要するに適当なところで動かすのをやめるんじゃなくて回路のように繋げればいいのかな？

「おっ!?」

　それをイメージしてやってみると一気に体が軽くなった気がした。心なしか魔力を循環……というより動かしていた時に少し感じていた気だるさもなくなっているようだ。

「おめでとうございます。ノエル君。冒険者としての基本である魔力循環の完成ですね。それぞれの職業で違うのですが、白魔法師は魔力循環をすることで勝手に身体強化《ブースト》がかかるようになってるみたいですね」

　シエラさんの言葉に僕は自分の体を見渡す。確かに力は溢れてくるんだけどそんなに強くなったとは思えないんだけどな。

「それを魔法として自分にかけるのは魔力循環すれば良いとしても、他の人にかけれるようになれば身体強化《ブースト》は完成ですね。まぁ、何にせよ身体強化《ブースト》の感覚は掴めたと思いますし、次にいきましょうか」

　と微笑んだ。僕が頷くのを確認すると、再びシエラさんが話し出す。

「さてと……次はヒールなのですが、これは特に教えることはないですね」

「どういうことですか？」

シエラさんの言葉に僕は首を傾げる。

「治したい相手の体に触れて『ヒール』と言って適切な量の魔力を注ぎ込むだけですからね……まあ、試してみる方が早いでしょう」

そう言って懐《ふところ》から短刀を取りだし自分の指を軽く切るシエラさん。

「しっ、シエラさん!?　いったい何を!?」

「慌てないで、ヒールと唱えてあなたの魔力を流し込んでください」

「ひっ、ヒール」

シエラさんの肩に触れて呟くと同時にシエラさんに魔力が流れ込むように魔力を動かす。どうやらうまくいったようで、シエラさんの傷が消えていく。

「ほっ、よかった」

「……っ!?」

と安心したのも束の間だった。シエラさんの指からさっきの短刀なんて目じゃないほどの傷が現れ、血が出てきたのだ。

「え!?」

「――っ!?　ふむ……これは……」

シエラさんは傷を確かめると回復魔法もかけずに水魔法で洗い流して包帯を巻き始めた。

「えっ⁉　えっ⁉　一体何が起こったんですか⁉」

いきなりのことに慌てる僕を軽く撫でて落ち着かせてから、シエラさんが説明を始めてくれた。

「今の症状は過回復という症状ですね。おそらくノエル君が魔力を込めすぎたせいで発生したのでしょう。まぁ、簡単に言えば回復しすぎるのも危険ということです。ヒールを使うときは相手に流し込む魔力の量もコントロールできるようにしてくださいね。でないと逆に相手を傷つけてしまうことになりますから」

シエラさんの説明にブンブンと首を縦に振る僕。そこにシエラさんが僕を教えている間、他の皆の事を教えていた三人が戻ってくる。そのまま『深夜の狼』の皆は依頼へと出発するらしい。かなり長い間籠る可能性があるそうだ。今回『深夜の狼』が受けている依頼は僕たちの村の近くに発生したあのダンジョンの討伐だ。前回僕を助けたときに氾濫を起こしているためそこまで急がなくてもよかったのだが、念のために早く潰しておきたいという考えらしい。

「だからこれから最低二～三年は会えないが、頑張って強くなれよ！　ノエル」

後にウェルさんがワシワシと少し乱暴に頭を撫でた。そのまま『深夜の狼』は孤児院を去っていった。

◆

「全く……」

「どうしたんだ？　シエラ」

さっきまで魔法を教えていたノエル君と別れて孤児院を出た私は一人ため息をついていた。そんな私に気がついたのか同じパーティーのメンバーであり、私たちのパーティーのリーダーでもあるウェルが声をかけてくる。ちなみにイグニスとレンは歩きながらさっきまで面倒を見ていた孤児たちの事を話している。

「やっぱりあの中じゃノエルがダントツだったな！　っていうかノエル以外ろくに魔力が使えねぇからしかたねぇかもしれねぇが」

「いやいや、流石にノエル君とは違って魔力を自覚させる人すらいないんですから仕方ないですよ。兄さん」

という会話だったが私はノエル君を見ていて、別の感想を持った。

「ウェル……ノエル君のことなんだけど……」

「ノエルの事がどうした？」

私の真剣そうな顔を見てウェルも真剣な話だと察してくれたようだ。

「ノエル君の成長速度は異常よ。いや、もしかしたら白魔法師の成長速度が異常なのかもしれないけど」

「まぁ、それは見ただけでわかる。いくら魔力が多い白魔法師とは言え一月やそこらで魔力が二〜三倍に増える等とあり得ないだろうし……それよりもあそこまで筋肉がつくかと言われると疑問に感じるしな」

そうなのだ。各々が天才と呼ばれて、今や人外として扱われる私たちでさえ、鍛練してひと月で増えた魔力は自分の魔力の一割ほどだ。そもそもこれはあまり広く知られている事では無いが、前提として魔力は埋まれ持った量から基本的に魔物を倒す以外の方法では倍までしか増えないはずなのだ。それ以上増えた自分達のような者は天才と呼ばれるのだが、そんな自分達でさえ魔力上昇は初期魔力量の二・五倍で止まった。まぁ、魔物を沢山倒した結果今ではもっと沢山あるのだが。しかし、ノエル君の魔力増幅量は特に魔物を倒した訳でも無いのに、明らかにまだ限界に達していない。なぜそんなことが言い切れるかと言うと、彼はまだ十二歳だ。一般的に魔力増幅が止まるのは早くて十五歳。遅くても十八歳くらいまでの間になる。流石にこのままのペースで上がり続けるとは思わないが、それでもとんでもない量の魔力量になることはかなり確実だ。まぁ、筋肉についてはよくわからないが魔力と違って鍛えていたらつくのだろう。ウェル達も驚いてはいたが、おかしなものを見るといった感じではなかったし……。私は今日見たノエル君の成長を考えると、彼が私たちと共に冒険できるようになるくらいに強くなるのは、そこまで遠くない未来のことなのではないかと思った。

◆

そこからは再び体を鍛え、知識を蓄え、夜は寝る前に自身を対象にヒールの練習をした。最初は過回復が起こって自らを傷つける日々が続いたが、練習して三ヶ月目には過回復の危険もなくなった。そして、僕が……いや、俺が孤児院に来てから二年と十ヶ月がたった頃、つまり俺がもうすぐ孤児院を卒業しなければならない頃。俺は院長先生によって部屋へと呼ばれていた。

「失礼します」

俺は扉をノックして院長室に入る。何度も自分から院長室に入ることはあったが、呼び出しで来ると言うことは少なく、基本的にここに呼ばれる理由は説教なので、自分から入るならともかくとして呼ばれて入りたくはないのだが……まぁ、俺は特にやらかした記憶もないので堂々としておく。

「こんばんは、ノエル君。そこにお掛けください」

「それでは失礼します」

院長先生が指差したソファーは何時も俺が本を読むときに座っているソファーだ。それを見て俺はホッとする。何故なら院長先生は俺をしかるときには立たせておくか、別の椅子に座るように指示するからだ。俺は安心して座ると院長先生の方を見る。

「今日はどのようなご用でしょうか？」

「君の卒業後についてですよ。君は冒険者志望で、私の知る限りパーティーメンバーを見つけることはできていないこれに間違いはありませんか？」

院長先生の問いに頷くことで返す俺。あの後何とかして他のパーティーに入れてもらおうと考えたのだが、皆が揃って「白魔法師なんてお荷物はいらない」と言ったのだ。そう言われて以来俺はパーティーメンバーを作ることを諦めている。

「ふむ、やはり変わらんか……残念なことではあるがこのままでは君はソロの冒険者としてここを卒業することになるだろう」

「このままでは」を特に強調する院長先生に俺は思案する。一応頼めば『深夜の狼』に入れてもらえるとは思うが足手まといは御免だし、今はダンジョン攻略に向かっているため組もうにも組めない。卒業後すぐという意味では組める仲間はいないのだから仲間がいないというのもおかしくはないだろう。そう思った俺は再度頷くことで肯定の意を示す。

「君の決意が固いのは知っている。それでも再度聞いておくよ。君は冒険者を目指すつもりかい？」

「勿論です」

俺の返答に満足がいったのか、院長先生は頷く。

「それなら君にオススメの話がある」

そう言って院長先生が出した紙には『冒険者養成学校入学者募集中』と書いてあった。

「君はかなり勉強しているし、そこなら実習という形でダンジョンに潜ることもできる。更にここには無いような本もある。もしかしたらそこでパーティーメンバーを探している人もいるかもしれない。更に言うと寮生活だからここと同じく衣食住完備だ！　どうだい？　今の君にぴったりな所だろう？」

そう言って院長先生が自慢気にするくらいにはすごい場所だと思う。それに最悪ここでパーティーを組めなくたって時間を潰している間に、『深夜の狼』がダンジョン討伐を終えて帰ってくるかもしれない。そう思った俺は院長先生にこの学校に行きたいということを伝えた。院長先生は嬉しそうに頷くと、

「ここでは君に大切な出会いを経験させてあげることができなかった。この場所ではノエル君の出会いに幸あらんことを」

と一言神様に祈りを捧げていた。俺は祈りが終わるのを待つと、

「失礼しました」

と退室したのだった。


院長先生に冒険者養成学校について教えてもらった次の日、俺は冒険者養成学校へ入学するための手続きに来ていた。いや、正確に言うなら試験にである。一応言っておくと、冒険者養成学校は来る者拒まずの学校ではあるし、孤児院と同じように国が資金を出して運営しているため入学するのに資金が必要な訳でもない。しかし、それを逆手に取って冒険者になるつもりも無いのに冒険者養成学校に籍《せき》だけ置いて、授業には出ない者が現れ出したのだ。まぁ、要するに職につかずとも衣食住が揃うということで、それを目的に入学するものがいるということだ。更に問題なのはこの学校は入学に年齢を問わず、一度この学校を卒業したものでも、自分が冒険者としてやっていけないと感じた場合もう一度一から学び直したり鍛えたりするために再度入学できるという制度があることだ。さて、ここまで来ると何が問題かは誰でもわかるだろう。その問題を無くすために、入学時には冒険者としての最低限の知識を持っているかの確認テストと軽い面接が行われるようになったのだ（勿論再度入学の時にはそれなりに厳しいテストになる）俺はその試験を受けるために冒険者養成学校に来ていた。ちなみに受験番号は三百七十五番。これだけでこの学校の受験者が多いことがわかる数値だ。その数なんと七百人。別に大体何名までが合格などということは無いのだからあんまり関係は無いのだが、今までこんなに多くの人間を見たことの無かった俺は少し気圧されてし

まった。しかし気圧されていても始まらない。冒険者養成学校に入学するためにはここで止まっている訳にはいかないのだ。俺は少し緊張しながらも筆記試験会場に向かったのだが……正直に言うと試験は拍子抜けだった。俺は冒険者になるためにかなり勉強してきたため、それなりの知識がついていたのだろう。王都周辺に出現する魔物の種類なんて朝飯前だし、その内二種類を選択してその生態と弱点をまとめよって問題も簡単すぎて正に拍子抜けなのだ。

そのお陰で変に緊張することなく面接試験にも挑むことができそうだ。

面接試験は人数が多いからか五人一纏めで行われ、番号順で五人ずつだ。俺の番号は三百七十五番であるためにこのグループの中で答える順番は一番最後となっていた。ちなみに最初の質問は、

「あなたの適性職業はなんですか？」

という最初に聞かれるのが、当たり前と言えば当たり前なのだが、なるべく聞かれたくないものだった。思わず俺はため息をつく。いや、確かにニートのプー太郎を探すのが目的なら、それを聞くのは確かに理に適っているためおかしくはないのだが……俺より前の受験者達がそれぞれ自分の適性職業を答えていく中、後に答えた俺の、

「白魔法師です」

という言葉に時間が止まったのは気のせいではないだろう。

俺が伝えた自らの適性職業によってシーンと静まり返る教室の中、受験番号三百七十一番のやつが何か言いたそうにこっちを見ているが無視する。しかしながら面接官の先生は流石に面接試験を任されているだけあって、動揺を一瞬で鎮める次の質問に移った。

「それでは次の質問です。あなた方がこの学校を受験した理由を教えてください」

初めに答えたのは勿論三百七十一番だ。確か、赤魔法師だったと思う。

「俺は冒険者になるためにこの学校に来た」

あまりの安直さに俺は一瞬動揺を隠せなかった。この学校に医者になるために来るバカはいないと思うんだが？

「私は故郷の村を守るために強くなりたいからです」

「私はこの学校にある書物に興味があって……」

「働きたくないでござる」

上から順番に三百七十二～三百七十四番の答えだ。おい！　ここにニートがいるぞ!?　ちなみに俺の答えは、

「ダンジョンでの実習による経験を得るためと、孤児院で読むことのできなかった本を読み、少しでも知識を得るためです」

と一言漏らしただけだったが、

「てめぇ！　いい加減にしろよ！　俺らは冒険者になるためにここに来てるんだ！　本を読みたいなら図書館にでも行きやがれ！」

といきなり立ち上がり、俺を指差して叫び出した奴がいた。さっき俺を見ていた三百七十一番だ。俺はそれをあえて無視した。何故って？　だって俺の前にも本を読みたいからと言っていた人間もいたし、働きたくないニートまでいたのだ。その理由で怒るなら俺の前で怒っているだろう。要す

るに三百七十一番は俺が白魔法師なのが気にくわないのだ。

その様子を面接官は面白そうに眺めると、

「三百七十五番さんは三百七十一番さんの意見についてどう思いますか？」

と思いがけない質問を飛ばしてきた。まさか個人に対する質問なんて集団の面接で来るとは思わなかったのだ。

少し動揺してしまったが、俺は面接官の目を見て、

「自分はこの冒険者養成学校に曲芸師になりにきたわけでも、パン屋になりにきたわけでもないのですから冒険者になりたいというのは当たり前の事だと考えております。なのでそれを前提とした上でこの学校に何をしに来たかということを、問われたのかと考えて先程のように答えました」

「それは俺たちを馬鹿にしてるってことなのか！」

俺の言葉に早速噛みついてくる三百七十一番。更に他の無関係な三百七十二〜三百七十四番さんまでを巻き添えにしてだ。三百七十四番の働きたくないニートは巻き添えにしてもいいと思うが、三百七十二番と三百七十三番は別に冒険者になりたいなんて一言も言っていない。要するに俺たちの中には入らない。ちなみに口には出さないが、俺は三百七十一番はバカだとは思っている。実際に「冒険者になるため」と言ったのは三百七十一番だけだったし、三百七十二番はただ「強くなるため」だけでも理由を説明している。「冒険者になるため」だけだった三百七十一番とは違うと思っている。

怒鳴り声に返答しない俺に三百七十一番の怒りのボルテージは段々と上がっていってるようだ。

それを確認しながらも答えようとはしない俺を見て面接官が、

「三百七十五番さんはどうして三百七十一番さんの問いに対して答えないのでしょうか？」

と質問を投げ掛ける。流石に問われたら答えるしか無いだろう。勿論少し皮肉も混ぜる。俺だって言われっぱなしで我慢できるほど大人ではないのだ。

「はい、ここは面接試験の会場なので、面接官であるあなたからの質問以外の事を話すのはダメなのではないかと考えました」

俺の言葉に「ぐっ!!」と声を漏らし着席する三百七十一番。

今更ながらここがどういった場所かを思い出したようだ。その様子を見て面接官はニコリと微笑むと
「なるほど……ありがとうございます。それでは面接試験はここまでとします。結果は三日後にこの学校の入り口に貼り出しておきますので確認してください」

と言って俺たちに解散を促した。帰り際に三百七十一番が何かやってこないか心配だったが、自分のやってしまった事に愕然《がくぜん》としていてそれどころでは無かったようだ。

勿論三日後の結果発表では俺は普通に合格していた。まぁ、三百七十一番の奴も合格していたのは意外だったが……三百七十四番？　勿論落ちてたよ。

「院長先生。無事合格しましたよ」

孤児院に帰ってきた俺は院長先生に報告していた。

「それは良かったです。それにしてもこの孤児院から冒険者養成学校に行くのがノエル君一人だけとは……皆『深夜の狼』に教えてもらったことがあるからと言って、決して冒険者として完成したわけでは無いんですがねぇ」

院長先生が俺の前でぼやく。実は院長先生は、皆にも冒険者養成学校に行くことを勧めていたのだ。しかし、『深夜の狼』の皆に魔力を自覚させてもらい、魔力の鍛練を教えてもらった結果、魔法まで使えるようになっていた皆はその院長先生の提案を蹴った。確かに冒険者生活の最初から魔法が使えるのは大きなアドバンテージではあるが、それだけだ。それなのにS級冒険者に教えてもらったことがあるという自信から、皆は今さら基礎なんて必要ないと言わんばかりに学校に行くことを拒否したのだった。その理由の中には俺が学校に行くことを明言していたのもあったのかもしれない。

「しかし、過ぎたことを嘆いても仕方ありません。名残惜しいことではありますが、私の仕事は残念ながらここまでです。ノエル君もこれからは大人として扱われます。どうか頑張ってください」

俺は先生が差し出した手を握って、

「今日まで冒険者になるのを諦めなかったのも先生のお陰です。絶対に立派になって恩返しに来ますから」

と別れの挨拶を告げる。

「はい。その時を楽しみに待ってますよ。だから……これは別れではありません。なのでここではこう言わせて貰いましょう」

そこで院長先生は一度言葉を区切り、

「行ってらっしゃい。ノエル君。あなたの旅路に良き出会いがありますように」

と言った。だから俺も、

「行ってきます！　院長先生」

そう言って背を向けて歩きだす。

こうして俺の孤児院での生活は終わりを告げ、新たな学校生活が始まったのだった。

【第二章】ノエル～学生編～

俺はなんとか入学試験に合格し、冒険者養成学校に入ることができた。その後、孤児院を卒業して冒険者養成学校に来たわけだが冒険者養成学校には入学式というものが無いらしい。そもそもが七百人も受験しており、試験も冒険者としてやっていく気があるのか確認するため、又はその資質があるかの見極めだけなので、そのほとんどが合格するらしく、入学式をしようにもその全員＋在校生なんて入りきるスペースがないというのが実状なのだそうだ。まぁ入学式が無いので、生徒は登校次第自分のクラスの場所を告げられその教室へと向かうことになるようだ。俺もその例外に漏れず、自らのクラスであるGクラスへと向かう。そして教室へと入った瞬間に、

「はっ！　白魔法師の癖に冒険者を目指す分不相応なバカのお出ましだ」

等と言いがかりをつけられた。まぁ白魔法師で冒険者を目指していることは確かなので言いがかりというのかはわからないが……。

その声の主を探してみると面接試験で一緒だった受験番号三百七十一番の赤魔法師君だ。試験の時にはお互いに名前を言わずに受験番号で呼ばれていたため、名前は知らない。ちなみにさっきの三百七十一番君のせいで俺にクラスのほとんどの視線が集まった。それも殆《ほとん》どが侮蔑《ぶじょく》や嘲笑《ちょうしょう》、その次に多かったのが哀れみだ。正直居心地が悪かった。まぁ、こうなる覚悟はしていたんだけど。

その視線を無視して俺が席に座ると同時に一人の大人が入ってくる。

「ん？」

よく見るとあの時の面接官の人だ。その人が教室に入ってくると同時に俺に向けられていた視線は霧散したので正直ありがたかった。

「えー、初めまして……ではないですね。皆さん私が面接を担当させていただきましたので……それでは改めまして皆さんご入学おめでとうございます。今日から皆さんはこの冒険者養成学校の生徒です。清く！　正しく！　逞《たくま》しく！　冒険者を目指していきましょう」

そこは逞しくではなく美しくではないのか？　と突っ込みたくなったが突っ込んだら負けな気がしてやめた。

「ちなみに私はこのクラスの担任を任されていますレストと言います。少なくともこの半年はここに集まってくれた皆と共に学んでいきたいと思っていますのでよろしくお願いします」

レスト先生がペコリとお辞儀をするとパラパラと拍手が起こる。

「それではこの学校のシステムについて説明する前に……皆さんにはあることをしてもらわなければなりません」

その言葉に俺も含めたクラスの皆の頭に疑問符が浮かぶ。今からやることの内容が思いつかなかったのだ。

「それは……五人一組のパーティーを組んでもらうことです。ちなみにこのクラスは全部で五十名、本日は皆さん出席とのことですのでちょうど十パーティー組めますね。それではスタートです」

先生がパチンという小気味のよい音を立てて手を叩く。それが合図だと気づかずに皆動き出すことをしなかった。

先生が辺りを見回して何も言わないのを見てようやくパーティー決めが始まっているのだと皆が理解し、動き始める。こんな互いの事を何も知らない状態でパーティーを組めなんて無茶苦茶だな……いや、良く考えたら俺の事もよく知られていないから逆にチャンスか？　等と考えながらも組まなくては始まらないので俺も動き出す。丁度隣に座っているやつに、

「なぁ、俺とパーティー組まないか？」

と聞いてみる。隣にいたやつは俺に声をかけられてちょっと驚いたような顔をしていたが、

「悪いな。俺だって人生かかってるんだ。白魔法師と組むリスクなんてさらせねぇよ」

と言ってどこかへ行ってしまう。そう言えばさっき三百七十一番くんが余計なことをしてくれたお陰で教室の皆に俺が白魔法師だということはばれてるんだった……別にここで決めるパーティーで一生活動するわけでも無いのに大袈裟《おおげさ》だな。等と現実逃避しながら手当たり次第に声をかけてい

くが結果は全滅。

白魔法師《おれ》と組もうなんて酔狂な奴はいなかったらしい。仕方なく俺は周りを見回して未だに動いていないやつ。周りに人がおらず、一人でポツンといるやつを探す。

まぁ、流石にそんなやつ今更……いたよ⁉　少し驚きながらもそいつの側に行く。

「なぁ、俺とパーティー組まないか？　見たところお前もパーティー組めなくて困ってるんだろ？」

近くで見るとどうやら女の子だ。俺よりも深い青色の髪に深い海みたいな瞳が印象的な女の子。ちょっと見とれてしまったのは秘密だ。まぁ、俺の髪は青というよりは水色って感じなんだけどな……。女の子は俺を品定めするように上から下まで見るとコクンと頷いた。どうやらパーティーを組んでくれるらしい。

「よし、後三人だ！　この調子で……」

行こう！　と言おうとした瞬間服を捕まれた。

「ん？」

「どうせ探すだけ無駄。それよりここで待ってればいい」

と初めて声を聞かせてくれたのだが……言ってることはかなりキツい。いや、言いたいことは理解できる。恐らくこの女の子も初めに三百七十一番君が俺のことを白魔法師と言っていたのを聞いていたのだろう。それで白魔法師と好きで組むやつはいないから最後に余った奴らと組めばいい。とまぁ、そういうことを言いたいのだろう。それならどうして君は組んでくれたんだ？　なんて聞いてみたくもあるんだけど……、

「ふむ、よく考えればその通りか」

現時点で誰がどのくらい何ができるか……なんてわからないのだ。それなら無駄な労力を使わない分待ってるだけの方がいいのかもしれない。レスト先生の話だと、丁度十パーティー作れるだけの人数しかいないのだ。最後まで待ってれば余った人間が必ず出てくる。

そんな俺の予想通りそれからしばらくして再びレスト先生が手を鳴らす。

「はいはーい。現時点でパーティー組めてない子達出てきてー」

その言葉と同時に前に出る俺たちと男女一人ずつと男が一人。俺たち……と言うか俺に向かって三百七十一番君がニヤニヤした顔を向けているのを見つけてしまい、少しイラッとする。

「じゃあ後のパーティーはこの五人で組んでもらうよ。それじゃあお互いに自己紹介してねー」

そう言うとレスト先生がまた手をならす。どうやらレスト先生が手をならすのは何かの始まりと終わりを告げる合図らしい。

「ふむ。とりあえず自己紹介を始めるとするか。俺の名前はテツだ。茶魔法師で硬化の魔法を用いて、皆の盾となることができるだろう。テツと呼んでくれ！　よろしく頼む」

厳めしい言葉使いで自己紹介を終えたテツは、一緒にいる男女のカップルに目を向ける。先ほどまでは気づかなかったが、頭の上に存在感を主張する膨らみが二つあった。

——もしかしてこの二人って、

「じゃあ次は俺だな。俺の名前はレッカ、赤魔法師で……見ての通り獣人だ」

言葉と同時にレッカが頭の上にある耳をピクピクと動かす。やはりこの二人は獣人だったのか。

「この二丁の銃を使って戦う。近距離でも戦えるが、中~遠距離の攻撃の方が得意だ」

成る程、レッカは銃を使った攻撃が得意なのか。

「最後に——いくら可愛いからってニナに手を出したらパーティーメンバーだろうとぶっ殺す!」

そう宣言して俺とテツを威嚇するように睨みつけるレッカ。

「にゃー。ニナはニナって言うにゃ! 緑魔法師でレッカと同じく獣人にゃ! この短剣と風魔法を使った近接戦闘が得意にゃ!」

ニナの自己紹介が終わると同時に見つめ合う二人。何だろう、似ていない筈なのに何故かイグニスさんとレンさんを思い出すな……おっと、ボーッとして次の自己紹介を聞き逃すところだった。

順番的には俺と最初に組んだ女の子だ。そういえばまだ名前を聞いてなかったな。

「アオイ……青魔法師」

それだけ言って俺の方を見る。

まさかもう終わりなのか!?

しばらく待ってみても続きは無さそうなので俺も自己紹介を始める。

「んじゃあ俺の番だな。俺の名前はノエル。皆知ってるかもだけど白魔法師だ。ヒールや身体強化《ブースト》は使える。勿論魔物についてとか結構勉強してるから知識では役に立てると思う。よろしく」

俺の言葉に皆が頷いた。

パンパン。

「はーい。皆さん自己紹介は終わりましたか? それではカリキュラムの説明にうつりますのでパーティー毎に着席をお願いします」

丁度俺たちの自己紹介が終わったくらいにレスト先生の手拍子が教室に鳴り響く。それと同時にワイワイガヤガヤしていた教室が静まり、それぞれ近くの席に着席した。

それを確認するとレスト先生が話を始める。

「まず、この学校に今年度は四百九十五人の人が入学しており、受験番号の順番に並べて五十人ずつのクラスが十クラスあります。あっ、勿論最後のJクラスは四十五人のクラスだよ」

あれ？　確か受験者は七百人だったよな？　それで最低限の知識と冒険者になりたいという意志があれば合格するような試験だったよな？

それで二百人も落ちるとか……どれだけ働きたくない人が多かったんだよ。いや、俺の組にも一人いたけどさ!!　人間大丈夫か!?

「ちなみに今は受験番号の順番で割り振っているクラスですが、半年毎に一回クラス替えがあります。その時の割り振り方はAクラスから順番に成績順になりますので出来るだけ上を目指して頑張ってください」

「質問いいでしょうか？」

その言葉が終わった瞬間にクラスの誰かの手が上がる。

「はい、ヘンリー君」

「その成績とやらはどうやって決まるのですか？」

先生に指差されてヘンリー君が先生に質問する。先生はそれに頷くと、

「はい、その成績ですが……まずはこの学校のカリキュラムについて話した方がいいかもしれないですね。この学校のカリキュラムでは授業は朝九時から昼の十二時までの座学と、昼の十三時から夕方の十八時までの実習、一日かけて行われる校外学習の三種類があります。座学と実習、校外学習は基本的に同じ日に被ることはないですから、学校で授業を受けるのは校外学習の日を除いて半日ということになりますね。残った時間は君達の自由時間です。個人で鍛えるのも良し、パーティーの連携を高めるも良し。門限を破ったりモラルに反したりしなければ自己責任で何をしても構わない」

いや「モラルに反したりしなければ何をしても構わない」は少しアウトな気が……。

「そして、肝心の授業内容だけど……まずは君達には最低三ヶ月はみっちり座学を受けてもらうことになります。その後でテストを受けてもらい、全員が一定点数を取ったパーティーはその次の週から週に一回の実習を受けることができるようになり、その後はクラス替えが始まってからの話になるけど……座学が減って実習と校外学習が増えるようになってきます」

なるほど……しかしパーティー全員が一定以上の点数を取る必要があるのか。隣のテツが「試験……だと!?」とか呟きながら青い顔をしているけど大丈夫か？

「まぁ、ようやく先程のヘンリー君の質問の答えになるんだけど、成績はこの座学のテストの点数のパーティーの合計点と実習の成果の評価によって決まることになります。ちなみにクラス替えの後からはパーティーの変更が可能になるからパーティーの馬が合わなかったとかが発生したらその時にお願いします……っと話すのはこれくらいかな？　質問は大丈夫ですか？　じゃあ今日は授業も特にないので解散で」
そう言って先生は教室から出ていった。

◆

「ふむ、この二人が同じパーティーに入りましたか……」

誰もいない私室で私は一人呟きました。私が少し興味を持っていた二人が今日のパーティー編成で同じパーティーに入ったのだ。一人目は受験番号三百七十五番ノエル君。孤児院の出身で冒険者には向かない……むしろ攻撃魔法が使えないのだから、冒険者になるのならば選んではいけない職業である白魔法師を選び、それでも尚冒険者になることを諦めなかった少年。確かに攻撃魔法が無くとも武器で戦えば良いだけですし、白魔法師には他の職業よりも多くの魔力とあまり知られてはいないことですが、豊富な支援魔法と用途に応じた回復魔法があります。私としては攻撃魔法が無いというデメリットはあるもののそれを補っても余りある職業であると思っているのですが……まぁ、確かに最初からそれなりに戦える他の職業と比べて支援魔法や回復魔法を揃えるまでは大変でしょう。ちなみに言うと一昔前……二百年ほど前、今よりも魔族達との抗争が激しかった頃にはそれなりの数の白魔法師はいたという記録が残っています。……まぁこの王都でもこの学校くらいにしかない古い書物を読んで初めて知ったことなのですが。……そんなわけで私は彼に少し興味を持っています。そしてもう一人は受験番号三百六十三番アオイ・ヤマト……いえ、今はもうただのアオイさんでしたね。冒険者の中では珍しく王自らが側近とする事を決意されたヤマト家の娘。しかしながら優秀すぎるヤマト家の中で、職業こそは最高の職業と名高い青魔法師ですが、彼女自身の才能は中の上。決して低くは無いが優秀すぎる家族と比べては平凡なものです。本来なら同じ青魔法師である姉をも凌《しの》ぐ才能はあるのだが、それを生かしきれていないだけだという噂もありますね。毎日家族の優秀さを見せつけられ、家族からもその才能の無さを貶され、傷つき、家を出てここに流れ着いてきた女の子です。冒険者養成学校に来たのは、

「一人でも冒険者として生きていく術《すべ》を学ぶため」

だそうです。かなり危険なことだし、難関だと言っておいたんですけどね。それでもやるんだって聞かなかったんですよ。ん？　なぜそんなことまで知っているのかって？　面接の時の彼女の様子がおかしかったので少しだけ問いただしたら教えてくれましたよ。それからは軽く避けられるようになりましたが……。偶然とは言え属性バランスの取れたいいパーティーになっていますし、面接の時に見たノエル君の慎重さにも期待できるでしょう。更に、現時点でパーティーメンバー皆が魔法を使える。これはこの冒険者養成学校ではかなりのメリットになりうるでしょう。何故なら、ここに入ってくる人間の大半は最初から魔法を使うなんてことは出来ない人が多いですから。本来ならば失敗を教え込むためにあえて自己紹介もせずに行わせたパーティー結成なのですが、もしかしたら彼らは失敗を経験せずにこの半年を終える可能性もありますね……。そうなった時の事を考えて私は一人目を閉じるのだった。

◆

「君達は魔物を倒し、人々を驚異から守る存在である冒険者になりたいという者たちなのだが、まずは、魔物とは何か。これについて考えたことはあるかな？」

冒険者養成学校に入学して初めて受ける授業で言われたレスト先生の言葉に、教室中が騒がしくなり始める。俺も言われて見るまで魔物とは何かなんて考えたことは無かったし、そもそも魔物と動物の明確な違いも定義しろと言われたら出来ないだろう。だから、テツよ。隣で「魔物は魔物だろう？」等と意味ありげに呟くのは止めてくれ。思わず吹き出しそうになったから。

「まぁ、君達にこんな事を聞くのもおかしいかな？　なんせこれは世界中の学者達が頭を捻って、実験、検証を繰り返しているがまだ、明確な答えが出ていないテーマだ」

その言葉に教室のざわつきもゆっくりと止まっていく。

「そもそも魔物の中にも沢山の種類と生態がある。他にもダンジョンの中と外でも変わってくる……なんて事が起きてるから、正確には定義しにくいと言うのが本当なんだけど……まぁ、この話はテストに出る訳じゃないから置いておいて、まぁ、とにかく正体不明の敵……とでも覚えておいてくれると良い」

どうでも良いのかよ！

「取り敢えず、重要なのはここからだ。人間はその驚異である魔物と戦うために新しく魔法という武器を手に入れた。今回からはしばらくこの魔法についての理論を勉強していく」

魔法について……か。そう言えばシエラさんに教えてもらった時も、感覚みたいなもので教えてもらったから、魔法は使えるがどんな風に使っているのか説明しろって言われても出来ないんだよなぁ……。

「まず、魔法には六つの属性があります。火、水、風、土、光、無ですね。人間には使用できない闇の属性や、稀にこれ以外の属性を持って生まれる人もいますが、基本的にこの六種類です」

えーっと、確か俺がシエラさんに教えてもらったのは無属性の身体強化《ブースト》とヒールか。後、火水風土はわかるけど光ってなんだ？

「まぁ、基本四属性である火、水、風、土は皆さんもわかるでしょうし、無属性はそのままの通り属性が無い魔法です。それでは光属性とは何なのか……それは」

そこまで話したレスト先生がこちらを見る。

俺？　何かしたかな？

「このクラスにも一人いますが、基本的に白魔法師が使う魔法を光属性魔法と言います。攻撃魔法は無く、支援や回復に特化した魔法ですね」

その言葉と共にクラス中の視線が俺に集まった。俺は一人納得。

「その他にも……っと、今日はここまでですか」

レフト先生が続きを話そうとするが、それと同時に学校のチャイムが鳴り響き、授業の終わりを知らせる。

「それでは本日はここまでです」

「よし！　ニナ、行こうぜ！」

「行くにゃー！」

レスト先生の言葉と共にレッカとニナが鞄を担いで教室から出ていく。隣を見るとアオイもいつの間にか居なくなっていた。テツも鞄を持って移動を始めている。そう言えば皆は授業が終わった後ってどんな風に過ごしているのだろうか？　少し気になる。今日はもうニナとレッカとアオイは何処に行ったのかわからないし、まだ追い付けるテツを追いかけるか……。そう考えてテツをこっそり追いかけたのだが……。

「訓練所……」

テツの入っていった部屋は訓練所だった。そっと扉を開けて中を覗いてみる。

「ふん！　ふん！　ふん！」

中には腕立て伏せをしているテツが……そして何故か上半身は裸である。……しかし、俺にそういった気は無いが、良い筋肉をしていると思う。見てたら俺も筋トレをしたくなってきた。

「テツ、隣良いか？」

俺の声に腕立て伏せをしていたテツが顔を上げる。

「ん？　おぉ、ノエルか。白魔法師とは言え体を鍛えておいて損は有るまい。俺は気にせんから好きにすると良い」

よし、それじゃあテツの許可も出たことだし俺もやるか……俺はテツの横に陣取って両手を地面につくと、何時も通り魔力を循環させて身体強化を起動。腕立て伏せを開始する。

「ふっふっふっ！」

「おお！　やるな！　ノエル！　俺も負けてられられん！　ぬぉおおお！」

隣のテツも俺の腕立てに火がついたのかすごい勢いで腕立て伏せを始める。そこから二時間後、訓練所には二つの屍《しかばね》が完成していた。

「ハァ……ハァ……やるな！　ノエル……正直白魔法師にしておくのが勿体無いくらいだ……ハァ……ハァ」

「いや……俺は身体強化《ブースト》で強化してるからな……そんな俺にここまで付き合えるテツの方がおかしいんだけど？」

要するにインチキなのだ。

「ふぅ、少し落ち着いたか。まぁ、身体強化《ブースト》を使いながら筋肉トレーニングをするノエルも異常なのだが……まぁ、普通の使い方では無いというだけだし問題ない……か。ハハハ」

言いながら笑い始めるテツ。この日、俺とテツは少しだけ仲が良くなったと思う。

「それでは今日の授業はここまでです」

「よっしゃ！　行くぜニナ！」

「にゃー！」

授業の終わりを告げると同時にやはりこの二人は鞄を持って教室を飛び出していく。このままでは見失ってしまうだろう。そう思った俺は、

「テツ！　また明日」

「おう、また明日な！」

とテツに別れを告げると慌ててレッカとニナを追いかける。幸いなことに、二人は教室を出るまではすごい速さだったが、教室を出てからは二人で手を繋いで歩いていたため、何とか追い付くことが出来た。しかし、ここで問題が一つ発生する。

「ニナ、今日はどこ行く？」

「うーん、もうちょっとこの辺りの服屋さんとか見て回りたいにゃー」

「よっしゃ、じゃあ気合い入れて選んでやるよ」

「レッカが選んでくれるのにゃ？　嬉しいにゃ！」

何だか二人から拒絶されている様な雰囲気を感じてしまい、声がかけられないのだ。しかしだ、勘違いしてはいけないのは、同じ拒絶でも孤児院の皆のように悪意ある拒絶では無く、何と言ったらいいのだろうか？　仲が良すぎて声をかけるのが躊躇《ためら》われるというのが一番近いだろうか？　そのせいで、拒絶されているように感じてしまうといった感じだ。仕方がないので、俺は二人にばれないように後ろからついていくことにした。もしかしたら会話に入る切っ掛けになるかもしれないし……。

そう思っていた時期が俺にもありました。ニナとレッカは服選びの時も、何かを買い食いする時も、冒険者ギルドで軽い依頼を受ける時も（冒険者養成学校にいる間は仮登録扱いで、在籍日数に応じた依頼を受けることはできる）終始イチャイチャしており、思わず口の中から甘ったるい何かを吐き出しそうになった。流石にこれ以上の追跡は限界に感じてきたので寮の自分の部屋へと帰る。孤児院暮らしでそう言った男女の付き合いに耐性がなかった俺にはこの任務は荷が重かった。とりあえず今後ニナとレッカのデートについていくのは止めようと心に誓った俺だった。

今日はアオイの事を追いかけることにした。ニナとレッカを追いかけるなんて無謀《むぼう》なことはもうしないと誓ったのだ。しかし、アオイは何時も気がついたら居なくなっているため、今日は授業をそっちのけでずっとテツの隣に座っているアオイに目を向けておく。すると、おもむろにアオイがノート等を片付け始める。何でだ⁉　まだ先生の話は終わって……キーンコーンカーンコーン

「おや？　もうこんな時間ですか。それでは本日の授業はここまでにします」

レスト先生の言葉が発せられると同時にニナとレッカが騒ぎ始めるが、俺は慌ててアオイの方を見る。いない⁉　慌てて辺りを見渡すと教室の入り口のドアを開けて外に出ようとしているアオイを見つける。速いよ！

「テツ！　また明日!!」

「おっ、おう。また明日な」

テツが何かを話したそうにしていた気がしないでもないが、今はとにかくアオイだ。俺は身体強化《ブースト》も使ってアオイを追いかけたお陰で、何とか見失わずについてこれた。俺もアオイが入っていった教室へと入る。それと同時に、

「おぉぉおお⁉」

と声が出てしまった。何故なら、ここには院長先生の私室なんて目じゃないレベルの数の本があったのだ。院長先生の部屋で、本を読んでいるうちに読書の楽しさに目覚めた俺からしたらたまら

ない空間だった。

「貴様。図書室の利用は初めてか？　だとしてもここで大声を出すのは控えてもらいたいものだな」

パタンと本を閉じる音がして、俺の右手から声が聞こえる。そちらを見ると、俺と同年代か、もう少し下に見える少年が椅子に座っていた。しかし、さっきの声はどう考えても大人といった感じの声だったのだが……。

「いつまでそこに突っ立っている。用がないならさっさと寮に帰れ。そんな所に立たれていても邪魔なだけだ。何か探している本があるなら言え。俺は大体の本の場所なら把握しているからな。大方どこにあるかはわかる」

「あっ、すいません。大丈夫です」

やはり、先程の声はこの少年から聞こえたものだったようだ。それはそうとして確かにこんな場所に立っているのは邪魔なだけなので、俺は少年（？）に一言謝るとアオイを探し始めた。

「何あれ……？　怖い」

しばらくして『自習室』というところでアオイを見つけることが出来たのだが、その中にいたアオイは正に必死といった感じで本を読みふけっては何かをメモしていた。本のタイトルを覗き見てみると『青魔法について』というタイトルだ。要するにアオイは放課後図書室で自習をしているのだろう。そう理解した俺は図書室の中から適当に本を持ってきてアオイの正面に座って読み始める。

俺の持ってきた本のタイトルは『白魔法師について』という本だ。何故か図書室の奥の方で埃《ほこり》を被っており、気になって手にとってみないとタイトルすら読めなかったのだ。白魔法師について記された本は院長先生の本棚の中にも無かったからこうやって読めるのは嬉しい事だ。この本によると、白魔法師になる人は総じて精神的な耐性が高いらしい。ラミアやサキュバスが使う魅了やヴァンパイアが使う暗示などに対する耐性が他の職業に比べて高いという検証結果まであるそうだ。まぁ関係ないかもしれないけど、俺が両親の死を乗り越えられた要因の一つとしてこれがあげられるのかもしれないな。その他にもこの本には白魔法師が使う魔法について幾つか載っていたので、アオイと同じ様にメモを取って自分の部屋に戻ってから練習することにしよう。

「……どうしてここに来たの？」

等と考えていたら目の前のアオイに声をかけられる。気がついたら本を読み始める前は止めどなく動いていたアオイの手が止まっている。

「何でって……アオイがここに来ていたから？」

「……そ」

その言葉を後に再びアオイの手が動き始める。なので、俺は再び本を読み始めた。

「おい、何時までいるつもりだ？　もう閉めるぞ？」

自習室の外からそんな声が聞こえてきた。そちらを見ると先程の少年がこちらを見ていた。

「また貴様か……まぁいい。そこの女！　貴様も毎度毎度閉館時間が過ぎても勉強してるんじゃない。残りは借りて自分の部屋でやれ」

その言葉と同時にアオイが顔をあげると同時に手元にあった三冊を少年に差し出す。

「……じゃあこれとこれとこれ」

「ふん。明日にはちゃんと返しておけ」

少年はタイトルを確認すると再び本をアオイに渡す。その後少年はこちらを見た。

「貴様はそれを借りるのか？　ん？　いや、待て。『白魔法師について』だと？　そんな本図書室《ここ》にあったのか？　ふむ、それはまだ読んだことがなかったな！　お手柄だ」

そう言って俺の手元から奪い取られる『白魔法師について』。

「あの－……俺もその本借りたいんですけど」

まだ読み終わってないしね。そう告げると少年は悔しそうな顔をする。

「チッ！　本の貸し出しは生徒優先。そういう契約だからな……仕方ない。貴様、名は何という？」

「ノエルです」

「ノエルだな。わかった。本の貸し出し期限は一日だ。返却の際は図書室の入り口の机の上にある返却コーナーに返しておけ。貸し出延長の際は……いや、貸し出しの延長は認めん！　取り敢えず明日までに返却しておけ！」

そう言って踵《きびす》を返す少年。

「何だったんだ……」

「あの人はこの図書室の司書」

俺の一人言にアオイが返答をくれる。しかしそれだけで、アオイもさっさと自習室を出ていってしまう。俺も何時までもいるわけにもいかないし、アオイを追って外に出た。早く『白魔法師について』も読んでみたかったし。

「というわけで今日の授業はここまでです」

「ノエル。少しいいか？」

今日は特にすることが無かったので、どうしようか？　と考えていると、テツから声をかけられる。

「どうしたんだ？　テツ？」

「じっ、実はだな……」

何時も大きな声で話すテツにしては珍しく、かなり小さな声だった。

「俺に……勉強を教えてほしいのだ」

恥ずかしそうにしているテツだったが、俺は特に予定があったわけでもないので直ぐに了承。そして、テツを伴って寮の俺の部屋で勉強会を始めたのだが……俺はテツの頭の悪さに頭を抱えることになった。

「ねぇ、テツ？」

「なっ、何だ？」

テツの額《ひたい》に冷や汗が一つ流れる。

「何でテツって入学試験合格できたの？」

「それが俺にも不思議でならんのだ。面接はともかくとして、筆記問題は全く出来た気がせんかったからな」

俺がテツの実力を見るために出した問題の結果は……零点。入学試験でも出ていた問題があったにもかかわらずだ。いや、確かに文章として起こされているのと口頭で聞かれるのは少し違うかもしれないが、それでもかなり酷い結果だろう。しかも、テストまで後二ヶ月程度しかないのだ。それまでの間にテツがテストで合格点を取れるレベルまで引き上げるとなると……、

「テツ、これからテストまで授業が終わったら直ぐに俺の部屋に来ること。良いね？」

「悪いな。よろしく頼む」

うん、全てはテツの努力次第ではあるのだが、俺も出来る限りのことはしよう。そうと決まればまずは準備だ。俺は一旦テツに問題集を押し付けて、図書室へと向かう。

「む？　また来たのか？　いや、それよりも早く返却をするのだ！」

司書さんの言葉に、俺は読み終わった『白魔法師について』を手渡す。

「おぉ！　早速読むと……何だ？」

早速読み始めようとした司書さんの肩を掴む。

「もうすぐテストなんですけど、それについての勉強が出来る資料のある場所を教えてください！」

「むっ……面倒な。少し待ってろ」

一瞬本気でめんどくさそうな顔をした司書さんだが、本棚の間に消えてしばらくしてから一冊の本を持ってくる。

「取り敢えずこれを使え。恐らく初年度初のテストならこの一冊を押さえておけば問題はない」

「ありがとうございます」

俺はお礼を言って受けとる。

「さっさと行け。読書の邪魔だ」

しかし、司書さんはこちらを一瞥《いちべつ》もせずに本を読み始めた。俺は司書さんに持ってきてもらった本を持ってテツの待つ部屋に戻る。

「おぉ！　ノエルか、取り敢えず一通り答えを埋めてみたのだがどうだろうか？」

一通り出来たでは無く、埋めてみたというところに不安を覚えるが、取り敢えずざっと目を通す。全体の九割が間違いだった。俺はため息をつきながら一つ一つ解説していく。

思いの外その時間は有意義な物になった。というのも、自分で理解していたつもりだったものが、より詳しく訪ねられると答えられなかったり、テツの独自の解釈に助けられたところもあったのだ。

そんなこんなであっという間に二ヶ月は経ち、テストには皆揃って何とか合格した。だが、テスト後にアオイに言われた「ノエルとテツって付き合ってるの？」という言葉に全力の否定を叩きつける事にはなったが……。

「えー、ここにいる皆さんはつい先日行われた座学のテストに合格して、実習に参加する権利を手に入れたと言うことですね。まぁ、私のクラスどころか学年でさえ脱落者はいなかった訳ですが……と言うことで本日の座学は明日行われるダンジョン実習に先んじて、明日から潜ることになるこの学校のダンジョンの事を軽めに……いえ、しっかりと勉強しましょう」

レスト先生の言葉に危うく学年で唯一の脱落者になりかけていたテツがため息を一つ吐いているのを横目に、今までほとんど全ての座学の授業の時間を本を読むことに費やしていた俺も顔を上げた。正直、最初の魔法についての講義は目新しくて面白かったのだが、それ以降の授業が、孤児院で読んでいた本に書かれていることばかりで、正直面白くも何ともなかったのだ。ルセンさん（図書室の司書さんの名前）に幾つかお薦めの本を見繕ってもらって授業中もそれをずっと読んでいた。テツの勉強が落ち着くまではテツに出す問題の内容などを考えていたのだが……一応ダンジョン関係の本は何冊か読んだがこの学校にあるダンジョンについての詳細は知らなかった俺は素直に顔をあげて先生の話を聞く。

「まずは他のダンジョンと同じ点から話しましょうか。初めにダンジョンの壁は壊れてもすぐに修復します。次に、ダンジョンはその壁から魔物を産み出します……これは何時どこで産まれるかわかりませんのでダンジョン内では気を抜かないでください。最悪の場合には自分の真上に生まれて、そのまま不意を突かれて……なんてこともありますのでね……また、変異種と呼ばれる存在がいます。ごく稀にしか出ず、普通に現れる魔物の色違いだったり、細部が変わっていたりするだけですが、その様な魔物を見つけた場合は気づかれないように逃げてください。気づかれたら今の皆さんでは基本お陀仏です。というのも変異種はその魔物毎の力に応じて設定されたランクの一段階上の力を持つ存在だからです。あー、ちなみに見ただけでなんとなくこいつは変異種だって言うのはわかりますから、危険だと思ったら基本逃げれば大丈夫です」

ちなみにランクとはSから始まり、S・A・B・C・D・E・Fのそれぞれと、それに−《マイナス》がついた十四段階に分けられたものである。それぞれが冒険者のランクと連動しており、同じランクのモンスターが、大体平均的な力を持ったそのランクの冒険者パーティー四〜五人で余裕を持って倒せるレベルだ。ちなみにそれが－《マイナス》になるとそのランクの冒険者一人でもよほどの事がなければ倒せるレベルだ。一応一例として俺たちの村を襲った魔物の一種類であるオークを例にあげてみるとしよう。奴らは単独ではE級、三匹以上群れればD-級の魔物として扱われる。このオーク一体なら平均的な力を持ったE級の冒険者一パーティーで余裕を持って倒すことができるというわけだ。それが三匹になった時点でE級のパーティーでは無理が出てくるが、平均的な力を持ったD級の冒険者ならば一人でも危なげなく倒すと言ったかんじかな。そして、このオークが変異種になってくるとD級となり、通常種なら三匹纏めてでも問題なく倒せたD級の冒険者が苦戦どころかパーティーメンバーが揃ってようやく倒せるレベルになる。つまり、それくらいに変異種の魔物は危険なのだ。

「後はボス部屋にもなるべく入らないようにしてください。ボス部屋は一旦入ればボスを倒すまでは結界によって出ることが出来ず、また、入ってから一分後には完全に入り口も閉まって援軍にも入れなくなります。明らかに怪しい大きな広間なので、見ればわかると思います。扉みたいなのもついてますしね」

ボス部屋にいるボスは……一応変異種よりは弱いかもしれないが、それでもその階層に出てくる敵よりは強い。だから基本的には戦いたくない相手ではあるかな。

「まぁ、潜るのは一階層のみなので特に危険はないでしょう。一応罠なんかもありますが二階層に落ちてしまう落とし穴程度の物なので魔物の強さも変わりませんし、最悪の場合近くにいる冒険者の方々に助けを求めてください……そして」

　続けて真剣な表情でレスト先生が口に出した言葉に俺は立ち上がりかけた。

「このダンジョンのコアはとある理由からまだ破壊されておらず、回路などの使用も可能ですし魔物の産まれる頻度もそれなりに高いです」

　コアが破壊されていないダンジョンは破壊されているダンジョンと比べて大きく三つの違いがある。一つ目は成長していくこと。コアを破壊されていないダンジョンは段々と成長してより強い魔物を産むようになってくる。しかしこれも悪いことばかりではなくて、代わりにより良いアイテムの入った宝箱が産まれたりもするようになるのだ。二つ目はその魔物を産む早さ。コアを破壊されていないダンジョンは破壊されているダンジョンに比べて約二倍の早さで魔物を産む。その分変異種が産まれやすくもなっている。三つ目は先ほど先生が言っていた回路だ。回路とは各階の入り口とダンジョンの入り口を繋ぐ魔方陣で、各階に移動が可能になる。しかし、一度その階の回路に自らの魔力を注ぎ込んでおかなければ使用は不可能。例えば三十階層まで行っている人と二十階層まで行っている人が同時に回路を使っても一人ずつバラけさせられるだけで二人とも三十階層に行けたりはしないのだ。

「まぁ、毎日冒険者に依頼をして魔物を狩ることで氾濫対策はしているから問題はないんですがね……そして最後になりましたが」

　レスト先生の言葉に皆固唾《かたず》を呑んで見守る。

「魔石はしっかりと回収してきましょう」

レスト先生の言葉に皆が椅子から滑り落ちかける。魔石とは魔物が体内に持つ石のことで魔力が凝縮されたものの事だ。そのまま持っていても特に意味は無いが、傷の治癒や体力の回復、魔力の回復に使えるポーションというアイテムの材料となるため、普通に買い取ってもらえる。確かに冒険者の収入に関わってくる大切なことではあるのだが、あんな空気の中で言うようなことではないと思ってしまったのはおかしい事だろうか？　そんな俺たちに構わずにレスト先生は教室を出ていった。

レスト先生のダンジョン講座の次の日。俺たちはダンジョン実習のために学園ダンジョンに潜っていた。今回のダンジョン実習は初めてと言うこともあり、課題は『どんな魔物でもいいので魔物を一匹以上倒して魔石を回収する事』だ。この課題は一匹以上というところが厭《いや》らしいところで、レスト先生は何も言及はしていなかったがおそらく魔石を手に入れた数に応じて評価は上がるのだろう。一応ダンジョン実習がある日は冒険者に頼んで一階層にそれなりの冒険者に生徒の用心棒兼見張りをしてもらっているらしい。ちなみに他のパーティーへの邪魔や襲撃は減点の対象となり最悪の場合処罰の対象となる。とまぁ、ルールの説明はこんなところにして、俺たちのパーティーだが、かなりの勢いで魔物を狩っていた。というのも、ニナが、

「索敵は任せるにゃー」

と言って次々と近くにいる魔物の場所と数を教えてくれるのだ。聞いた話によると、ニナは嗅覚や聴覚が比較的に高い獣人の中でもトップクラスの嗅覚や聴覚を持っており、索敵は得意というこ

とらしい。まず、最初に見つけたF-級の緑の肌をした小鬼ゴブリンはアオイが放った水属性の魔法『ウォーターカッター』により首チョンパされて死亡。俺により魔石を掘り出された。次に出てきた同じくF-級の薄い水色のジュレ状の生物スライムは三匹同時に現れたが、レッカの銃とニナの短剣により瞬殺されていた。再び俺により魔石回収をされていた。次に出てきたのは少し強敵でF級の二足歩行の狼のような生物コボルトだったが……、

「ぬん！」

テツのメイスに魔石ごと叩き潰されていた。

「魔石ごと潰さないでよ！」

「すまん……」

テツの攻撃方法を考えると仕方ないかも知れないのだが言わないわけにはいかなかった。まぁ、それはともかくとして全員F級以上の力はあるようで良かった。そして次に出てきたのはゴブリン三体。そして再びアオイのウォーターカッターによる首ピチュン。順番から行けば俺の番なんだけど……。

「あの……俺の番は？」

「「「「え？」」」」

他の皆から心底意外といった感じの視線を向けられて、少し仰け反る。

「白魔法師は攻撃魔法を使えないだろ？」

「何で白魔法師のノエル君が攻撃する必要があるにゃ？」

「鍛えているのは知ってはいるが……素手では流石に厳しいだろう？」

「……武器は？」

上からレッカ、ニナ、テツ、アオイだ。

どうやら皆は俺に戦闘訓練を積ませてはくれないらしい。流石に多数決という数の暴力には勝てないため、俺の今回のダンジョン実習は終始魔石回収と荷物持ちが主な仕事となるのだった。まぁ、一応皆にも魔石の回収とかは体験させる必要があるから、やり方と魔石の場所を教えながら一回ずつ練習させた。今度の実習からは武器を用意してこようと心に決めた俺であった。

◆

昨日のダンジョン実習で魔石を五十四個手に入れた俺たちだったがその配分について一問着《ひともんちゃく》があった。……というのも帰ってきてすぐに、

「よし、んじゃあ魔石を五等分して配分するか」

「了解にゃー」

とレッカとニナがいきなり魔石を五つの束に分け始めた所からスタートする。

「待て待て待て！　何で五等分なんだ？　俺は今日戦っていないんだから配分するのはおかしいだろ⁉」

「五十四個を五等分はできないだろう？」

俺とテツが方向性は違えど疑問を投げ掛ける。

「確かにノエルは今日戦ってなかったけど、その代わり魔石を取ったり、荷物を持ってたりしてくれてただろ？　配分に参加する権利ならある」

「それにニナ達に魔石の取り方とか教えてくれてたりもしたにゃー」

「魔石が五十四個しかないのは誰かさんが初めのコボルトの魔石を叩き潰したから……だからその人こそ十個でいい」

「うぐっ⁉」

レッカとニナが俺に説明している傍らでアオイがテツを沈めていた。

「それに……」

とレッカが続ける。

「パーティー内では公平でなくちゃいつか不和の種になりそうだからな」

「ありがとう」

これがレッカなりの気の遣い方だと気づいて俺はありがたく自分の分をもらうことにした。

「だけど……流石に戦っていない俺が戦った皆よりも多くもらうのは流石におかしいから俺がもらうのは十個にするよ。それに全部F-級のものでいい」

途中で何体かコボルトが混じっていたため、Ｆ級のコボルトの魔石もいくつかあるのだ。流石にこれには反論できなかったのかする気がなかったのか、レッカが頷く。そして無事に配分が終わって、今日換金してきたところなんだけど……結果は銀貨十五枚。うん、かなり稼いでいる方だ。ちなみにお金の計算仕方だが、お金には四種類ある。一番安いのが鉄貨。これ一枚では何も買うことができないお金だ。これ百枚を質屋に持っていくと銅貨一枚と変えてもらえる。まぁ、所謂お釣り用のお金である。次に銅貨だけど、これは一枚で大体安めのパンが買えるくらいと考えてくれたらいい。他にも銅均ショップなる店があり、そこでは一つの商品を銅貨一枚で売っているとか……ちなみに銅貨は十枚で銀貨と交換してもらえる。次はようやく俺が手に入れた銀貨だ。まぁ、大体一〜二枚あれば一日の食費にはなるくらいだ。ちなみに冒険者以外の職業が一時間に稼ぐのが銀貨一〜二枚くらいだな。ちなみに銀貨は十枚で金貨と交換してもらえる。後の金貨は安宿ならこれ一枚で一食だけついて三日くらいまでなら泊まれるくらいだ。ちなみに言うと武器は、この金貨十枚からだ。さて、ここで問題です。武器を用意しようと思った俺が今正に挫折しようとしている理由は何でしょう？

正解は――。

武器が高すぎるんだよ！　この野郎‼

結局武器を手に入れる事ができなかった俺は落ち込みながらも図書室へと向かっていた。まぁ、今は無理でもいつか武器を買える位の金が手に入った時のために、それぞれの武器の特徴を把握しておこうと思ったのだ。

「ふむ、お前は……確か結構な頻度でここを利用していたな。ちょうどいいときに来た。暇なら少し手伝え」

何時もなら図書室で働いているルセンさんに本を探してもらうのだが、今日はそのルセンさんに呼び止められる。まぁ、確かにテスト前は例外として、何故か図書室に来る生徒がそこまで多くないこの学校の中でなら、俺はアオイに次いでここに来ている生徒となるだろう。それに、今は武器を探していたが、それは今すぐに解決する問題でも無いため、今は暇と言えば暇である。

「良いですけど、どうしたんですか?」

「実はこの学校には七不思議があってな。その内の一つ『消える白本』について調べて欲しい」

「『消える白本』ですか?」

名前を聞いただけではどんなものかわからないが……。

「あぁ、まず、この図書館にある本は全て登録されているはずなんだが……この図書室の中に登録されていないはずの本があると言うのだ。その本は表紙が真っ白で一見何も書いていない本のように見えるということだ。だが、表紙が白い本なんてこの図書室には一冊もないはずだ。まぁ、何時かの貴様が持ってきた本のように登録漏れしているだけの可能性もあるがな」

「あれ?」

早速俺は首を傾げる。何故なら今まで読んだことは無いが本棚の中に表紙どころか純白と言っていいくらいの本を何度か見かけた事があるからだ。現に今も俺の視界の端に真っ白な本が一冊見えてるし……タイトルすら書いてなくて興味も無かったため読まなかったが。まぁそれは良しとして……。

「で? その本がどうしたんですか?」

「その本はな。どこの誰が手にとっても中を見ることができないのだ……何故か表紙を開くことができないという報告を受けている」

フムフム……と頷いておく。

「そして、手に取ってから大体五分くらいでなくなっちゃうんだそうだ。まるで元から何も無かったかのようにな。まぁ、どうして調べてほしいか理由を言うならば、今までは各学年で一人か二人しか報告が来ていなかったような話なのだが、何故かこの学年では入学してここまでの三ヶ月とちょっとの間だけで二十人も報告に来ているのだ。流石にこれは異常だと思ってな、できたら協力してくれるとありがたい。それにだ、この図書室の中に俺が読んだこともない本があるなど許せん！」

確かにそれは驚きだ。それと、ルセンさんは絶対に後半の理由の方が大きいでしょう？　しかし、ルセンさんではないが、そんな本があるなら無理矢理にでも中身を見てみたくなるその気持ちはわかる。なので俺は先ほどから視界の先に写っている本棚に移動し、真っ白な本を手に取るとルセンさんに見せる。

「なるほど……ところでその本っていうのは、これのことですか？」

「むっ、恐らくこれだな！・こんな本登録されている本の中に無いし、報告と一致する！　まず、タイトルが書いてない本など図書室の本としてあり得ん！」

なるほど、やはりこの本で間違いは無いらしい。俺は力を込めて開けようとしてみる。

「むっ⁉︎」

確かに固い。何かで接着されているかのように動かない。

「ふむ、本当に開かないのか？」

「っ……！　まだまだ！　『身体強化《ブースト》』」

ルセンさんが心配そうな声をあげるが俺はそう簡単に諦めるつもりはなかった。

ブーストで、身体能力を上げてもう一度挑戦する。

すると――。

「へ？」

普通に表紙が開いた。というか、力を込めすぎて俺がひっくり返った。

「開いた……な？」

「ええ、開きました……とりあえず中身を……ってなんじゃこりゃ!?」

確かに開いたことには開いたのだが、中身は真っ白だったのだ。これではノートくらいにしか使えないだろう。

「どうしましょうか……これ？」

「うーむ。先程からもうとっくに五分は過ぎてると思うのだが、消える様子は見えない……それに中身も真っ白だからな……貴様にくれてやろう。中身まで真っ白の本になど興味は無い」

いきなりのあげる宣言だがそれは不味くないのだろうか？　俺がそれを伝えると「いや、図書館に登録されていない本があるという方が問題になる。だからありがたく持って帰っておけ」と言われてしまったので俺はその本を持って帰ることにした。

「はぁ、こんなもの貰ったって一体なんの意味が……」

冒険者養成学校の七不思議の一つ、消える白本の正体らしき本を半ば押し付けられる形で譲って貰った俺だったが、中身には何も書いていないのでノートくらいにしか使い道が思い浮かばない。今も手慰《てなぐさ》みにパラパラとめくって遊んでいるだけだし……。

「って……あ⁉」

一番後のページまでめくった時、ようやく文字が書かれているページを見つけたのだ。ルセンさんと一緒に見ていたときは適当にパラパラしていただけなので一番後のページまでは見ていなかったし。

「フムフム……」

まぁ、一番後のページだけでも書いてあることを読んでみるか。

『魔導書　ホワイトの使い方　まずこの本を使用するには魔力を流し込み、主人登録をする必要があります』

なるほど、もしかして身体強化《ブースト》を使った事で魔力を登録できたってことかな？　流石に本を開けるために魔法を使ったのは俺が初めてだったってことかも知れないし……。

『次にこの本は主人登録をしたもの以外では開くことが出来ず、ページをめくることができません。また、他者が触れて五分以内に主人に返還されなかった場合、もしくは主人がアポートと唱えた場合主人の元へと自動的に戻ります。また、主人が死亡した場合は定められた設置場所に戻ってきます』

なるほど、これが七不思議になった理由ね。

『更にこの本は、あらゆる炎でも焼くことは出来ず、如何なる水でも濡らすことは出来ず、どのような刃でも切り裂くことは出来ず、どのような鈍器を用いようと変形させることはできません。所謂不壊属性が備わっております』

……なんかすごいこと書いてるぞ？

『また主人が魔法を使用した場合に自動で補助します』

ようやく魔導書らしい能力が出てきた。

『更に、この魔導書の中には魔力を溜め込むことが可能です。溜め込んだ魔力は何時でも引き出すことが可能です』

魔力の貯蓄ができるってことかな？　これは素直にありがたい。実は白魔法師が使う魔法。属性で言うと光魔法なのだが、これがかなり魔力を食う。白魔法師は他の職業と比べて魔力が高いはずなのだが、それに比例するかのように光魔法は使用魔力が多いのだ。どれくらい多いのかと言うと、無属性魔法のヒールの使用魔力を一とすると大体五～十持っていかれるイメージだ。白魔法師が不遇な理由も理解できそうな物である。今俺が使えるのは誰でも共通して使える無属性魔法の『ヒール』と『身体強化《ブースト》』それから図書館にあった本の中に載っていた光魔法である
状態異常を治す魔法『キュア』。

疲労を取って体力を回復させる『レスト』。

次に発動する魔法の効力を二倍にする『バイン』。

この合計五つと、とある切り札を含めた合計六つの魔法が今の俺に使える魔法だ。一応図書館で見つけた白魔法師についての本には他の魔法についても載っていたのでそれらも練習中である。武器と言っていいのかはわからないし、恐らくこのままじゃ戦闘に出るのはまだ無理だと思うけれど地道に頑張っていこうと思う。そう思って魔導書を閉じようとしたのだが、ページの下の方にまだ読んでいない一文を発見した。

『ちなみにこの魔導書の契約者は、この魔導書以外の武器を装備できなくなります』

おい!?　いきなり超重たいデメリットが出てきたんだけど!?　と言ってみてもこの魔導書との契約の解除のしかたなんて俺にはわからないし、もし解除出来なかったら最悪俺はこの魔導書を武器にこれから戦わなければいけないのだ。俺はこの魔導書を使ってどう戦うのか必死で考える事になるのだった。

俺が魔導書ホワイトを手に入れてから五日が経ち、再びダンジョン実習の日がやって来た。今回のお題はダンジョンから魔石、お宝、鉱石等々……なんでもいいから持ち帰ることだ。ちなみに今回は前回のお題とは違って多少の妨害は許容されている。実際に冒険者となったときに見つけた財宝の奪い合いなどは、普通に有りうるからだ。ただしあくまでもこれは実習のため、直接戦闘は禁止な上に、妨害するにしても相手に行きすぎた怪我を与える行為の禁止など様々なルールがある。ちなみにその裁定は見回っている冒険者達によって行われるのでその基準はあやふやになるわけだが。更にいくつ取ってきても構わないが評価されるものは一つだけだ。前回の様に魔石を幾つもって帰ったからと言って評価が上がることはない　取ってきたものがそのまま自分達のパーティーの物になるという点は前回と変わらない。諸々のルール説明を受けてダンジョンに入る。

「さてと……何を持っていくか」

範囲は一階層の中での話なので正直そこまで価値が高いものなどないのだ。多分F級のコボルトの魔石でも割と上等な物の部類に入るだろうし。そんなことをパーティー内で話しながら歩いているとゴブリンに遭遇する。

「おっ、ゴブリンだ。誰がやる？」

最初に気づいたのはレッカだった。ゴブリンはまだこちらには気づいていない。ゴブリンか……丁度良いかもしれないな。

「なぁ、俺にやらせてくれないか？」

俺はパーティーメンバーを順番に見回してから言う。

「そうは言うがノエル。お前は白魔法師だ……それに武器もない」

「武器なら今回は用意してきた」

最初に反対してきたテツに魔導書を見せる。

「本？」

「本にゃ？」

レッカとニナは首を傾げていたがアオイはしばらく魔導書を見つめた後、呟いた。

「……魔導書？」

俺はアオイが知ってることに驚いたが、とりあえず合っているので頷く。

「アオイ。魔導書ってなんなのにゃ？」

「魔導書とは魔法に関する書物のことで、魔武器の一つ。中に魔法が封じられている物や魔法の発動を補助してくれる物なんかがある。私には魔導書の種類の見分けはつかないけど、多分ノエルが武器に選んだんだから前者のやつ？」

ニナの質問にアオイが答えるがニナはあまり理解できていなかったようで首を傾げている。

「ふむ、要するに魔物と戦うための武器にはなると言う認識で構わないか？」

やはり理解できていなかったテツの質問に頷くアオイ。

「ならやらせてみても良いんじゃないか？　危なければ俺たちが助ければ良いわけだし」

「ふむ……それもそうだな。よし、ノエル。やってみろ」

テツの言葉に頷き、魔導書を手に持って身体強化《ブースト》を発動するとそのままゴブリンに向かって走り出す。

「え？」

誰かが呟いていたが無視して一直線に走る。流石に接近するとこちらに気づいたのか、臨戦体制をとったゴブリンに向かって魔導書を投擲《とうてき》する。

「グエッ！」

という声を出してのけ反っているゴブリンの目の前まで到達すると「アポート」と唱えて手元に魔導書を召喚。その後身体強化《ブースト》で強化された腕力でおもいっきり魔導書を振り抜く。

バキッ!!

という音と共に首が変な方向に曲がったゴブリンが地面に倒れ伏す。俺はそのゴブリンから学校から借りている解体用のナイフで魔石を取り出すと皆の元に戻る。一時はこの解体用のナイフで戦ってみようと思ったこともあったのだが、流石に借り物で戦うのはおかしいと思ったし、このナイフは割と良いもののようで、紛失した場合パーティーでかなりの金額を請求される。そんなものを壊れるリスクのある戦闘で使う気にはなれなかった。魔導書も貴重だが、不壊属性がついているので大丈夫だろう。皆の元に戻ると何故か皆から変な視線を向けられた。

「なぁ、本って殴るためのもんだっけ？」

「いや、俺の記憶が正しければ違うような気がする」

「その前に投げるものでもないにゃ！」

「プクク……魔導書を投げるって……プクク」

何故かアオイだけはツボにはまったらしくしばらく肩を震わせていたが……。

俺が魔導書を使ってゴブリンを倒してから少しだけ変な雰囲気にはなったが、変わらずダンジョン探索を続ける俺たち。

先程の戦闘から俺も戦闘に参加することを許され、魔導書を使って魔物を倒している。その度に変な視線に晒されるようになったがあまり気にしないようにしている。ちなみに俺たちは魔物を誰かが倒している間に壁を調べて何か良い鉱石でもないかな？　と調べているわけだが、よく考えれ

ば一階層の壁にそんなに良いものが埋まっている訳がないのだ。幸いにももうコボルトは倒して魔石を回収しているんだからしばらく探索して何も見つからなければ今日の探索はここまでにしよう。
ということになったのだが……、

「あっ！　宝箱にゃ！」

丁度ニナが宝箱を見つける。

「珍しいな……確かダンジョンの一階層に宝箱なんて早々無かったはずだけど」

「まぁ、そんなこと言ってもあったものはあったんだしラッキーとでも思っておけば良いんじゃないか？」

俺は疑問を口にするが、レッカは気にしていないようだった。まぁ、俺も本で読んだというだけで実際にそれを確認しただけであるが。更に言うならば本にも「百パーセントあり得ないことだ」と書いていた訳ではない。そこまで気にすることもないだろう。結局あの宝箱を調べることに決まった俺たちのパーティーは罠等に気を付けながら進む。先頭は意外にも俺たちの中で感覚が一番鋭いニナだ。

「あっ！」

しばらくは何も起こらなかったがニナが何かを見つけたように立ち止まる。

「どうした？　ニナ」

ニナの後ろを歩いていたレッカがニナに尋ねる。

「多分だけど……罠にゃね？　残念にゃけどこの宝箱は諦めるしか……にゃ!?」

ニーナの解説が終わる前に、俺は後ろからもたれかかってきたテツによってバランスを崩す。そのせいで前にいたアオイを巻き込んでしまい、アオイはレッカを巻き込み、レッカがニナを押す形になってしまう。

「――っ！　ヤバイにゃ！」

ニナの叫びと共に俺達の足下が文字通り開く。落とし穴の罠だ。そこには顔を驚きの表情で固めた、受験番号三百七十一番がいた。

「いでっ!!」

幸いにも骨折したりはしなかったが背中を強く打ったことで痛みを感じる。辺りを見回して確認するが皆も骨折や怪我などは無いようだ。それにしても無駄に広い場所だな……。

「あっ……あぁ!!」

後ろから響いてきたゴゴゴゴという音と共に俺の後ろを確認していたニナが何かを指さす。その耳はいつもよりピンと伸ばされており、表情は恐怖で引きつっている。その様子に尋常な事ではないと俺も後ろを確認すると、そこにはゆっくりとだが閉まっていく扉があった。

『後はボス部屋にもなるべく入らないようにしてください。ボス部屋は一旦入ればボスを倒すまでは結界によって出ることが出来ず、また、入ってから一分後には完全に入り口も閉まって援軍も入れなくなります。明らかに怪しい大きな広間なので見ればわかると思います。扉みたいなのもついてますしね』

レスト先生のボス部屋の話を思い出す。確かに扉の前には紫色の結界みたいな物があり、外に出るのは無理そうだ。俺は覚悟を決めてテツを見る。流石に座学が苦手なテツでもこの状態が何を意味するのかは理解しているようだ。テツも俺に向かって頷く。それに俺には勝算が無いわけでも無かった。このパーティーメンバーは全員F級のコボルト程度なら単独で簡単に屠《ほふ》る。甘い計算だが、最低でもE級程度の実力はあると考えても良いのではないだろうか？　そして、二階層に出てくる敵は基本的に一階層とは変わらないと聞いている。少しコボルトとの遭遇頻度が上がるくらいだ。ならばそこのボス部屋に出てくる敵はE-級……良くて――いや、運が悪くてと言うべきか――E級だろう。E級ならば力を合わせれば何とか勝てないことも無いのではないか……と俺は考えていたわけだ。そして、俺の予想は当たった。

確かに現れたボスはE級のミノタウロス。E級の魔物の中でも上位とは言え、まだ可能性はある。

――それが普通のミノタウロスであればの話だが――。

「ブモォオオオオオ!!」

「黒い……ミノタウロスだと!!」

「……変異種」

『――また、変異種と呼ばれる存在がいます。ごく稀にしか出ないのですが普通に現れる魔物の色違いだったり細部が変わっていたりするだけですが、その様な魔物を見つけた場合は気づかれないように逃げてください。気づかれたら今の皆さんでは基本お陀仏です。というのも変異種はその魔物毎の力に応じて設定されたランクの一段階上の力を持つ存在だからです――』

再びレスト先生の言葉を思い出す。つまり、このミノタウロスは強さで言えばD級相当だ。俺たちは逃げられない絶望との戦いに臨《のぞ》むこととなった。その結果は火を見るより明らかだろう。希望的観測でE級の力があるかどうかの者達がD級の魔物に挑むのだ。

「ブモォオオオオオ!!」

ミノタウロスが、その巨大な角を前に向けて走り出す。テツが皆の前に出て盾を構えるが……。

「駄目だ！　皆回避しろ！」

俺の言葉に思わず体が動いたのか、テツも攻撃を回避する。全員に突進をかわされたミノタウロスは壁を破壊してこちらに向き直る。ミノタウロスの突進は岩をも砕く。あれが当たっていればおそらくテツでも粉々にされていたのではないだろうか？

「身体強化《ブースト》！」

その少しできた時間を無駄にすることなく俺は自分に身体強化《ブースト》をかける。それと同時に近くにいたテツにも身体強化《ブースト》をかけた。今度はミノタウロスが持っていた斧を振り回してレッカを襲い始める。幸いミノタウロスはそこまで動きが速い魔物ではないのでレッカでも攻撃を回避することができているようだ。

「そんなの当たるかよ！　喰らえ！　フレイムバースト」

斧を大きく回避したレッカの、炎を纏った弾丸がミノタウロスを襲う。

「ブモッ!?」

レッカの放った弾丸は確かにミノタウロスに当たったかと思われたが……、

「嘘だろ……！」

ミノタウロスは無傷だった。いや、少なくとも弾丸の着弾したと思われる場所には傷どころか熱による変色一つ無かった。

「……今度は私」

それを見たアオイがウォーターカッターを放つが、それも振り回されている斧に阻《はば》まれる。どうやらレッカを追いながらもアオイの攻撃を感知していたようだ。どうやらこのミノタウロスに俺たちのパーティーが遠距離攻撃でダメージを与えるのは難しそうだ。バインを使えば別かもしれないが、恐らく斧で叩き落とされるだろう。流石にあの振り回されている斧の中で魔導書を投げたところでアオイの魔法と同じく叩き落とされる未来しか見えないし。こうなると近距離を試してみたい所だけど問題はテツがアイツの攻撃を防げるかどうかだ。テツが攻撃を防げない状態で近接攻撃なんてできるわけがないんだから。

「テツ……アイツの攻撃だけど盾で止めれる？」

「わからん。ノエルが身体強化《ブースト》をかけてくれたお陰で多少ましにはなっただろうが……流石に自分がダンジョンの壁より固いという確証は無いな。魔法を併用してガードしても止めれるかどうかだ……」

やっぱり……それほど奴の攻撃力は高いのか。しかし、悠長《ゆうちょう》に作戦を考えている暇などない。奴はしばらく斧を振り回してレッカを捉《とら》えることが難しいと考えたのか、斧を振り回すのを止めてこちらへと移動してきていたからだ。今度の狙いは……アオイか！

「ウォーターカッター」

アオイもそれに気づいているのかウォーターカッターをいくつか放つ。しかしながら真っ正面から放たれたウォーターカッターは全て斧で叩き落とされた。

「こっちにゃ！」

その隙をついてニナがミノタウロスの後ろから短剣で首に切りかかる。

「ブモッ」

ミノタウロスが驚いて振り替える。その首には小さいながらも確かに傷がついていた。

「ウォーターカッター」

振り向いたミノタウロスの体を先程よりも大きく、スピードも増したウォーターカッターが襲う。

「ブモォオオオオオ!!」

体についた大きな傷。しかし……。

「なんだと!?」

ニナがつけた傷とアオイがつけた傷から煙が立ち上がり。その煙が消えるころには傷自身が消えていた。

「……そんな!?　再生能力!?」

俺の絶望感を感じ取ったのかミノタウロスがニヤリと笑う。そして、同じく唖然《あぜん》としていたニナに目をつけて拳《こぶし》を振るう。

「ニナ！　危ねぇ!!　がはっ！」

「レッカ！──にゃっ!!」

ニナに拳が当たる前にレッカがニナを突き飛ばし、ニナの代わりにミノタウロスの拳に当たって吹き飛ばされる。そして、次に飛んできた蹴りでニナがレッカの隣に吹き飛ばされる。俺は慌てて二人の元へと走る。

「くっ！　ヒール！」

二人とも壁にぶつかって意識を失ったのか倒れたきり起き上がらない。気絶した人間はヒールで目を覚ますことはできないが、今放置すると命の危険があるかもしれない。そう考えると勝手に体が動いていた。倒れた二人に駆け寄ってヒールをかけながら俺はミノタウロスの方を見る。奴は俺が仲間を回復しているのに気づいたのかこちらに向かってきていた。しかし、その前にテツが立ち塞がる。

「させん！　ロックドーム！」

テツがそう叫ぶとミノタウロスを包むように巨大な岩のドームができる。

「今だ！　早く二人の回復を……急げ！　奴ならこの程度直ぐに破って来るぞ……ぐはっ！」

「テツ！　くっ、ヒール！」

テツは前から飛んできた岩の塊《かたまり》に当たり体勢を崩す。どうやらミノタウロスが中から破壊したときの岩が振り返っていて前を見ていなかったテツに襲いかかったようだ。あわててテツにもヒールをかける。しかし、次の瞬間にはミノタウロスは自身を束縛する岩のドームを完全に破壊してこちらに向かってきた。

「ウォーターカッター」

アオイが再び水の刃を産み出し、ミノタウロスの気を引くが、もう魔力が無いのだろう。片膝をついていた。そんなアオイに向かってミノタウロスがゆっくりと歩いていく。

「ノエル、もう大丈夫だ！　行くぞ！　うぉおおおお！　身体強化《ブースト》ぉおおお！」

まだ治療は終わってないのにテツがメイスを構えて走る。ミノタウロスは魔力切れで抵抗する気力もないアオイの頭を掴むが、それと同時にテツのメイスの一撃がミノタウロスを襲った。

「ブモォオオオオ!!」

身体強化《ブースト》によって上げられた身体能力での攻撃だ。今までで一番ダメージをうけたのだろう。ミノタウロスは苦しそうに吠えて掴んでいたアオイの頭を手放す。そして怒りからかテツに鉄拳を振り下ろす。

「むん！……ぬ!?」

「テツっ！　右だ！」

テツも盾を下から上にスライドして拳を弾こうとするがミノタウロスは激昂《げきこう》していた振りをしていただけで冷静だったようだ。右からテツの体に蹴りを叩き込む。

「がはっ!!」

鍛えていた体のお陰か辛うじて吹き飛ばされることなく耐えた。しかし間髪入れずに繰り出された斧の一撃で盾ごと吹き飛ばされた。そのまま倒れこむテツ。慌てて駆け寄ってヒールを行うが気絶してしまっているため、立ち上がることはない。何とか即死を免れているだけでも奇跡だろう。

「ブモォ」

まるで笑うかの様に鳴きながら近づいてくるミノタウロスに、俺は精一杯の足掻きとばかりに魔導書を投げつける。しかし、弾く価値もないと思ったのか首をかしげるだけで回避された。

一応アポートと唱えて手元に魔導書を回収するがもう正真正銘《しょうしんしょうめい》打つ手がない。アオイは魔力切れでそれ以外の皆は気絶しているし、俺には皆以上の攻撃力や防御力があるわけでもないのだ。それでもやるしかない。ここで俺がやらなきゃ皆が死ぬ。俺は身体強化《ブースト》を自身にかけ直すと魔力循環を同時に行う。身体強化《ブースト》を他人にかける練習をしているときに気づいたのだが、俺は魔力循環をしている時に身体強化《ブースト》をかけているのと同じ様な状態になり、それに重ねて通常の魔法としての身体強化《ブースト》を重ねることができたのだ。成る程、シエラさんが言っていたのはこういうことかと今になって理解した。つまり、俺は二重に身体強化《ブースト》の効果を得ることができる。それにより、スピードだけなら動きが遅いミノタウロス以上のスピードを出すことができるようになった。俺は魔導書を手に持つとミノタウロスに向かって駆ける。

「ブモォオオオオ！」

ミノタウロスが吠えるがビビってはいられない。俺はミノタウロスが振るう斧を回避してミノタウロスに魔導書を振るう。

――ガンッ!!

鉄を殴ったような感触と共に頭の中になる警報。俺はその場から飛び退いたが少し遅かったようだ。飛び退く際に少しだけ体が切られる。飛び退いた俺はヒールを使い、傷口をなぞって消す。これくらいの傷なら一瞬で消せるのだ。そして再び魔導書を片手にミノタウロスに襲いかかる。何回も攻撃を受けながらも未だに俺の体が原型を保っていられるのはおそらく二重にかかった身体強化《ブースト》のお陰だろうか。しかし、その拮抗《きっこう》はそう長くは続いてくれないのは誰の目にも明らかだ。何故ならミノタウロスは回復されているとは言え、着実に俺にダメージを与えているが、俺にはミノタウロスにダメージを与える術がない。先程から魔導書で様々な場所を攻撃してみたが、ダメージは通っていないからだ。一度危険を覚悟でゴブリンの首をへし折ったフルスイングも試してみたが傷らしい傷を負わず、その傷も一瞬で回復してしまった。その後手痛い反撃を受けたのは語るまでも無いだろう。白魔法師の一番の弱点。他属性の攻撃魔法が使えないため、火力が不足し気味なのだ。恐らくこういう状況になったとき白魔法師は誰よりも弱い。だからこそ皆から忌避《きひ》されているのだ。もう何度目だろうか……膝をついた俺は自分にヒールと、体力を回復させる魔法レストをかける。

「――っ痛！」

少し魔力を込めすぎたようだ。俺の体が過回復によって傷つく。その事実に俺は絶望しかけた。実は初めて過回復が発動した日、どうしてシエラさんが過回復でできた傷を回復魔法で直さなかったのか気になって試した時があった。あの時は本気で死にかけた。回復魔法を再び自分にかけた瞬間、傷が新たに増え初めてその傷全てから血が吹き出したのだ。つまり過回復の状態で回復させるのはご法度ということだ。

「回復……？」

そう言えば、先程からミノタウロスは傷を自動的に回復させている……もしかしたらこれを利用すれば何とかなるかもしれない……微かに見えた光明に俺は再び立ち上がる。先程から何度も魔導書を当てているのだ。触れてヒールを発動するくらいは可能だろう。俺は再び走り出し、ミノタウロスが斧を振りかぶった瞬間に停止し、魔導書を投げる。いきなりの行動に戸惑ったミノタウロスは、そのまま斧を上から下に振り下ろして魔導書を迎撃した。その間に俺はミノタウロスの後ろを取る。そして、今自分に残っているありったけの魔力を流し込むイメージで魔法を発動する。

「ヒール！」

「ブッ⁉　ブモッ⁉　ブモォオオオオオ！！！！」

黒いミノタウロスの体が膨張し始めたのを見て、俺のもくろみは成功したことを知った。そして数秒後、断末魔の悲鳴を上げながら黒いミノタウロスは爆散した。

「うぉおおおおおおお！」

その瞬間に俺は自分が勝ったことを実感して思わず叫んでしまった。

◆

私は今、夢を見ているのだろうか？　うん、きっとそうに違いない。だって……低階層とはいえ、ボスの変異種が出てくるなんてあり得ないのだ。しかし現実は非情で、そのボスは皆を襲い始めた。私も魔法を使って応戦したが、何てことは無い。全て叩き落とされるか、当たってもたいした傷をつけることは出来なかった。折角つけたその傷も、直ぐに再生されてしまうんだからたまったものではない。正に詰みと言った状態だ。そんな中でも諦めるのは嫌だったので、精一杯抗った。しかし最初にレッカが、次に間髪入れずにニナが倒れ、続いてパーティーリーダーであるテツまでもがミノタウロスの攻撃で崩れ落ちた。テツはまだ気絶してはいないようだが、レッカとニナは気絶しているのかピクリとも動かない。

ミノタウロスが、テツと回復しているノエルを狙おうとしているのを見て、私はなけなしの魔力を使って魔法を放つ。——っ！　魔力が無くなって最早立つことすら出来ない状態だが、ぼやけている視界でも、ゆっくりと此方へと歩いてくる巨体は見えた。その巨体が目の前まで来ると、急に頭に激痛が走る。どうやらこいつは私の頭を握りつぶそうとしているようだ。……流石にここまでかな……？　諦めの感情が私を満たす。それと同時に今までの事が頭の中を流れてきた。家族との模擬戦。自分のことをまるで興味の無さそうな目で見る両親。路傍《ろぼう》の石を見るかの様にこちらを見る長男。憐《あわ》れみの表情でこちらを見る次男。私を嘲笑《あざわら》いながらいたぶる妹。……そして、家出するまで唯一私を助けてくれた姉。

「あぁ……最後に姉さんにだけは謝っておきたかったなぁ」

あれだけ助けてもらっておきながら結局何も話さずに家出をし、心配してくれていただろう姉さんに会わないように学校の敷地からでなかった。最期に姉さんに心配をかけた事を謝れなかった事だけが心残りだ。そう思って意識を閉じかけたのだが——。

「うぉおおお！」

誰かの咆哮と共にミノタウロスが苦しみの声を上げて私の頭を解放する。どうやらテツがミノタウロスにそのメイスで一撃を与えた様だ。しかし、そのテツも次の攻防で吹き飛ばされて今度こそ気絶する。そのままミノタウロスは唯一二本の足で立っているノエルの元へと向かうが、私にはもう魔力が残っておらず、ただ地面に這いつくばった状態でノエルがいたぶられるのを見ることしか出来なかった。しかし、次の瞬間私は自分の目を疑う様な光景を目にすることになった。元から身体能力《ブースト》がかけられていたように見えたノエルの体が、再び身体能力《ブースト》をかけられたかの様に白く光ると、ノエルはその魔導書を武器にミノタウロスと渡り合い始めたのだ。ミノタウロスが振るう斧や突進を回避し、隙を見つけては魔導書を叩きつける。しかし、どうやらノエルの攻撃力ではミノタウロスには傷をつけられないようだ。それを両者共に気づいているのか、段々とミノタウロスはノエルの攻撃を気にしないで攻撃を行うようになっていった。それとは対照的にノエルの攻撃がどんどんと大振りの物になっていく。

「あ……」

そして、遂にノエルは大振りの隙を突かれることになる。ノエルは何とか致命傷をはずすことに成功したのか、次の瞬間には回復魔法で傷を癒してミノタウロスに挑んでいた。

初めはただの興味本位だった。白魔法師等という冒険者になろうと考える者ならば決して選ばない職業で冒険者になろうと考える、その姿に興味を持った。どうせ一生ものではないのだから、パーティーを組むことを承諾したのもそれが理由だ。図書室で本を読む姿を見て、どうしてここに来たのか聞いてみたくなった。それで聞いてみたのだが、私が図書室に来ていたからだと言う。別に勉強をしようと思って来た訳ではないのだと理解し、少し興味が薄れた。テツが勉強会に誘ってきた。どうやらテツは座学が苦手で、ノエルに教えてもらっているらしい。ニナやレッカも一緒に誘っていたが、二人は「俺等は別に何が何でも上に行きたい訳じゃないからいい」と拒否していたし、私もノエルに教わるなら自分で勉強していた方がましだと考えていたため断った。しかし、その印象はダンジョン実習の時には砕け散ることとなった。ノエルの解体の教え方や、魔石を取り出す方法の教え方はどの本を読むよりも分かりやすく、私たちは直ぐにできるようになった。そして、今回のダンジョン実習で魔導書を持ってきたのにも驚かされた。魔導書は魔武器の一つで……まぁ、要するにかなり高いのだ。そんな武器を昨日まで武器を持ってなかった人間が持っていたら驚くのも無理はないと思う。しかも、ノエルはそんな貴重な武器をあろうことか投げたのだ。あれ？　そう言えばその後直ぐにゴブリンを魔導書で殴っていたように見えたけど、いつの間に回収したのだろうか？　まぁ、そんな事はどうでも良くて、私は思わず笑ってしまった。あれほど笑ったのは恐らく人生ではじめての経験だろう。そして今、目の前でミノタウロス相手に一歩も引かずに渡り合っている姿を見て、私はノエルの評価を更に一段階上げることになった。白魔法師だから戦えない。そう思っていたのだが、現にノエルは目の前の絶望と呼んでも差し支えない存在相手に一歩も引いていない。

そして遂に、どうやったのかはわからないが、ノエルはミノタウロスを討伐したのだった。

「うぉおおおおおお！」

ノエルの咆哮を聞きながら、私はもっとノエルと話してみたい。そう考えていた。

◆

爆散したミノタウロスから魔石が落ちたのも確認せずに俺はテツの元に向かう。アオイは魔力切れなだけで特に負傷はないし、レッカとニナは最低限の治療はした。今一番危ないのは治療が完全に終わったわけでも無かったのにアオイを助けるためにミノタウロスに攻撃して反撃を――身体強化《ブースト》をかけていたとは言え――食らったテツだからだ。テツに残った魔力でヒールをかけている内に、閉まるときと同じ様なゴゴゴゴという音をたてながら扉が開く。そして、その中から冒険者らしき人達が入ってきた。

「おい！　大丈夫か!?」

その内の一人が中の惨状を見て声をかけてくる。

「はい、何とか……」

テツの傷も思ったより酷くなくて短時間で治った。無意識にかもしれないが、攻撃を受けると同時に後ろに飛ぶことで威力を殺していたのだろう。

「全く……新人の冒険者か？　もうすぐ冒険者養成学校でボス戦の授業があるから二層目のボス部屋を使うなって言われてただろ？　それ以前に新人なのにボス部屋なんかに挑むからこうなるんだよ……ボロボロじゃないか」

苦言を言いながらもこちらを心配してくれているのが良くわかった。

「すみません。俺……僕達は冒険者養成学校の生徒で……実習中に落とし穴の罠でここに落とされてしまったんです」

「なっ⁉　学校の生徒⁉　そりゃあ災難だったな……それにしてもよくこの人数で……ん⁉」

俺の説明に周りを見回していたおじさんが俺から離れて歩いていくと何かを拾い上げる。その手の中にあったのは今までの無色透明な魔石ではなく黒い魔石だった。恐らくあのミノタウロスの物だろう。体が爆散しても魔石は残っていたようだ。

「まさか⁉　お前ら変異種と戦ったのか⁉　ホントに何で生きてんだよ……」

「えっと……なんでわかったんですか？」

「あー、まだ学校では習ってねぇのか。魔石は基本的にその魔物の持つ属性の色になるんだ。火属性なら赤、水属性なら青、風属性なら緑、地属性なら茶、無属性なら無色透明といった風にな……んで、例外が変異種だ。変異種だけはどんな属性を持っていようとも魔石は黒色になる。変異種の魔石は貴重だからな……売れば最低金貨五十枚は固い。その分色々なことに使えるから特に金に困っている状況でもなけりゃそのまま持っておく事をおすすめするぜ。」

おじさんは俺に魔石を渡しながら教えてくれた。そんなに貴重な物だったんだ……それなら

「お願い……いえ、依頼があります」

「ん？」

俺からの突然の依頼に驚いたのか男の人がこちらを向く。

「内容は僕等の仲間をダンジョンの入り口までの護送。報酬には先程僕たちが倒した変異種の、黒い魔石をお渡しします」

俺の発言に男とその仲間達がぎょっとする。

「おいおい、さっきの俺の話を聞いていたのか？　それにその魔石はパーティー皆がここまでボロボロになって手に入れた物だろ？　流石にお前の一存で報酬には出来ないハズだ」

「……」

正論過ぎてぐぅの音も出ない。しかし救いは意外な所からやって来た。

「……ボスモンスターは殆どノエルが倒したようなもの。ダメージも与えられていない状態で、所有権を主張するような事は出来ない」

少し休んで魔力が回復したのか、何とか立ち上がったアオイがこちらに来て俺が魔石の所有者だと告げてくる。

「でも前回のダンジョン実習だって俺は攻撃していないのに皆は……」

「……あの時はノエルが自分に与えられていた仕事をきっちりとこなしていた。それに比べて私たちは今回何もできてない」

「でも……んぐっ⁉」

出しかけていた反論を人差し指で物理的に止められる。

「良いから貰っておくといい。誰も文句は言わないはずだし、私が言わせないから」

その時初めてみたアオイの笑顔に思わず首を縦に振ってしまった。どうやらいつも無表情な女の子が笑うとかなり破壊力が高いらしい。俺が魔導書を投げた時も笑っていたけどあの時は口元を手で押さえていたし、ちょっと恥ずかしくて顔までは見てなかったからな。

「あー、話が纏まった所悪いんだけどな……お前さんから依頼を受けることは出来ねぇんだわ」

「えっ⁉　なんで⁉」

いきなりのおじさんのカミングアウトに俺は思わず敬語が崩れてしまう。

「いや、まぁ、何て言うか……な？　報酬はかなり魅力的ではあるし、依頼自体も達成可能な物だ。受けないなんて有り得ないくらいの依頼だろう。だけど実は俺たちは同じ依頼を既に学校から受けていてな……流石に報酬が良いからって前に受けている依頼を破棄すると冒険者としての信用に関わってくるわけだ」

「……ということは？」

「心配しなくても全員無事にダンジョンの入り口にまで送ってやるよ」

おじさんはそう笑うと仲間達を呼んで俺たちをダンジョンの入り口まで送り届けてくれた。

冒険者のおじさん達に手伝ってもらうことで何とか無事にダンジョンの入り口まで戻ることが出来た俺達。

「それじゃ！　俺達はここまでだ。お前達が冒険者になる時を楽しみにしてるぜ」

「本当にありがとうございました」

テツ達を丁寧に下ろしてまたダンジョンに戻っていくおじさん達。聞いてみた話だと、おじさんたちの依頼は『万が一ダンジョン二階層に留まって困っている学生がいたら、ダンジョンの入り口まで連れていく』という内容だったそうだ。二階層での狩り——勿論実入りは良いものではないが——自体は許されているため、少しでもそこで稼いでおきたいらしい。おじさんたちと別れた俺達の方へレスト先生達が向かってくる。

「第十班の皆さん！　ようやく戻りましたか。他の皆さんはもう戻られてますよ……それに」

先生は未だに意識を失ったままなテツ達を見て
「彼等は一体どうしたのですか？……まぁ、話を訊くのにこのまま寝かせて置くのは少し問題でしょうし……誰か彼らを医務室に」

とテツ達を医務室へ移送するように指示しながら質問してきた。まぁ、当たり前の事だが気になるだろう。俺達は先週にＦ級のコボルトの魔石を提出しているために少なくともＦ級程度に遅れは取らないと思われている。なのにＦ級しか出ない一階層——もし罠に嵌《は》まっていたとしても二階層——でここまでの被害を受けるだなんて考えられない事だからだ。

「実は俺達は一階層で宝箱を見つけました」

「ほぅ、宝箱を……それは大変珍しいですね」

「そして、その宝箱を取ろうとして近づいたのですが、その前に罠が仕掛けられていたことをニナが気づいたのでしょう。ニナは声を出して動きを止めました」

「それなら……ん？　宝箱？」

そこでレスト先生が首を傾げる。確かに罠に気づいたのなら引き返すか、その罠を破壊して先に進むだろう。そして、罠にかからなかったのなら特に問題なく宝箱の中身を持ってきて終了だったはずだ。しかし、そこで何か思い当たる事があったのか先生が後ろを振り向く。先生の視界の先では三百七十一番のパーティーがチラチラとこちらを見てひそひそ話をしている。

「そう言えばレオ君達は宝箱から出てきたと思われるマジックアイテムを発見したものだと言って持ってきていました……まさかとは思いますが……その怪我の原因は彼らなんてことは無いですよね？」

どうやらレスト先生はレオ——恐らく三百七十一番の事だと思われる——が、俺達に不意打ちを仕掛けてテツ達を気絶させたと思っているようだ。まだその方がマシだったかもしれないが。

「はい。罠の前で足を止めた瞬間に後ろから彼らに突き飛ばされて俺達は落とし穴の罠に嵌りました……しかも落ちた先はボス部屋の中です」

実際には最後尾にいたテツがされたので、正確なことはわからないのだが、テツは気を失っているため、事情は聞けないし、恐らくそう間違ってもいないだろう。

「レオさん！　そして第三パーティーの皆さん！　こっちに来なさい！」

その瞬間先生が後ろを振り向いて叫んだ。その声に三百七十一番改めレオとそのパーティーメンバーがこっちに来る。

「呼びましたか？　先生」

「何でここに呼ばれたのかわかりますか？　いえ、わかりますよね？」

何時もは少しオカマかどうかを疑うような言動なのに、今はそんなこと微塵《みじん》も感じない。むしろ怒気を感じるくらいだ。

「……」

しかし、レオやそのパーティーメンバーは口を閉ざしたまま俯くだけだ。

「ほう、わからないと……私の記憶が正しければ彼ら『第十班が帰ってこないが何か心当たりがある班は無いか？』という質問を彼らが帰ってくる二十分ほど前にさせてもらったはずなのですがね？　そして一班ずつ聞いた結果、あなた方の班は『心当たりは無い』と答えたはずですが？」

「……」

「黙《だんま》りではわかりません……彼らはあなた方によって突き飛ばされたせいでボス部屋へと落とされた……と言っているのですが……あなた方は第十班について心当たりは無いと言う……どちらが嘘をついているんですかね？」

「おっ俺達は……「私たちがやりました！」……」

何か言おうとしたレオを遮って女の子の一人が叫ぶ。

「ふむ、それでは後の話は私の部屋で聞きましょう……皆さん！　今日のダンジョン実習はここで終了とします！　各自部屋に戻って休息を取るように！……ノエル君とアオイさんも今日はちゃんと休みなさい。中々に酷い顔をしていますよ……本日の成績などは他のパーティーメンバーが起きてから、追って連絡しますので今日は他の人達と一緒に休息を取ってください」

それだけ言うと先生はレオ達のパーティーを連れて校舎の方へと向かっていった。

「それじゃあ俺達も戻ろうか」

「……うん」

俺とアオイもその場で別れると寮の自分の部屋に戻るのだった。

テツとレッカとニナは実習の翌日には目を覚ましていた。後遺症《こういしょう》や障害等も無く、普通に授業に参加していたので、俺もホッとした。唯一の変化と言えばアオイから、あのミノタウロスを倒したのが俺だと聞いて、

「すげぇな！　あのミノタウロスを倒しちまうなんて‼　正直白魔法師だからって使えねぇと思ってたんだけど……使えなかったのは俺たちだってことか。まぁ、これからもよろしく頼むぜ！」

「ニナ達を助けてくれてありがとうにゃー！　ニナももっと強くなって今度はニナが敵を倒すにゃー！」

「俺達もノエルに負けないように精進することにする……そうだ！　今度模擬戦でもしないか？」

「ん、私の特訓にも付き合って」

とパーティーの皆との仲が少しだけ良くなった事だ。今日はレスト先生からレオ達のパーティーによって落とし穴に突き落とされた件について話がしたいので座学終わりに残ってほしいと言われており、俺達とレオのパーティーは教室に残っていた。

「それでは皆さん揃いましたので話し合いを始めましょうか。まずは時系列順に起こったことの確認から」

一応今回は司会として中立のレスト先生が話を進める形となる。

「まず、例の宝箱なのですが……先に見つけたのはテツ君達第十パーティーで間違いないですね？」

その問いに両者が頷く。そして、それを授業でも使っているホワイトボードに書き込むレスト先

生。

「そして、第十パーティーが宝箱を発見した所を偶然にレオ君達第三パーティーが見つけた。その後第三パーティーではレオ君の『隙を見て宝箱を先に開けよう』という意見と、それ以外の皆さんの『先に見つけたのは第十パーティーなんだから諦めて別の物を探そう』という意見で別れた……第三パーティーの皆さんはそれで間違いないですか？」

レスト先生の言葉に頷く第三パーティーの皆。えっ⁉　じゃあどうして俺達は襲われたんだ⁉　明らかに襲わないっていう意見の方が多いじゃないか。思わずそれを口に出しかけたが、それより先にレスト先生が聞いてくれたので口に出す事はなかった。

「しかしながらあなた方第三パーティーは結局宝箱の中身を手に入れていますね？　どういう経緯で手に入れたのですか？　また、第十パーティーの皆さんも矛盾点などがあれば後で聞きますので、よく聞いておいて下さい」

レスト先生の言葉に頷いて、レオのパーティーの女の子が語り出した。

「最初にレオが『先に宝箱を開ける』と言った時は私たちは反対しました。まず、一本道でそこまで道が広くなかったので、横から突破は難しかったですし、それ以外の方法になると攻撃することになり、ルール違反となります。なので宝箱を先に開けるというのは殆ど不可能に近いですし、失敗した時のリスクが大きすぎたからです」

そりゃあそうだ。あの通路では横に並べたとしても二人だ。俺達も先頭をニナにして残りは一人ずつ並んで道の真ん中を歩いていたし追い抜くのは難しいだろう。

その後はレオが引き継ぎ語る。

「しかし、俺としてはダンジョン一階層で宝箱が出るなんて幸運見逃すのは惜しいと思ってな……コイツらに宝箱の中身がマジックアイテムだったときの価値や、それ以外の場合でも中々良いものが入ってると力説して、尚且つ第十班が隙を見せなければ実行しないって約束してようやく乗り気になった」

なるほど、そして俺達は罠に気づいて止まったニナに注目するという大きな隙を突かれて突き飛ばされた訳だ。

「なるほど……そして宝箱の中のマジックアイテムを取って戻ってきたと。それでは私が心当たりを聞いたときに報告しなかったのは？」

レスト先生が今度はレオ以外の者を指差して問う。

「まず、俺達は罠に嵌まったとは言っても落とし穴だし、直ぐに一階層に戻ってくることはできると考えていたので直接的な原因ではないと思ったのと、俺達が言うべきか悩んでいる間にレオが先に『心当たりが無い』と答えちゃったので……それにその後レオが言った『どうせ宝箱の代わりを探して頑張ってるだけだろ』っていう言葉に納得しちゃったのもあるんです……まさかボス部屋に落ちているだなんて考えもしなかったので」

「ふむ……」

レスト先生が頷く。

「それでは第十パーティーは落とし穴に落ちた後何があったか説明して下さい」

レスト先生の言葉にテツがこちらを見る。どうやら俺に説明しろと言いたいようだ。俺はテツに向かって頷くと、

「俺達は落とし穴に落ちた後、皆特に大きな怪我は無かったのでそのまま一階層に戻ろうかと思っていたのですが……そこがボス部屋だと気づき、苦労の末ボスであったミノタウロスの変異種を倒しました」

俺は変異種を強調するように話す。

「はっ！　変異種だなんてあり得ねぇだろ！　それが本当ならお前等は……」

「レオ君。今は第十パーティーの説明中です。口を謹むように……」

先生の言葉により、レオが強制的に黙らされる。

「あなた方第十パーティーがボス部屋に落ちたことは、問題の場所からほぼ確定で大丈夫なんですが……流石にボスの変異種と言うのは私でも信じられません……なので、魔石を見せてもらえますか？」

レスト先生の言葉に俺とアオイを除いたメンバーが不思議そうな顔をするが、俺とアオイは冒険者のおじさんから話を聞いていたため、直ぐに理解し俺が魔石を先生に渡す。

「黒い……魔石だと!?」

「成る程……通常の魔石はその魔物が持つ属性の色となるが、変異種の魔石はどの様な属性を持っていようとも黒となる……しかもこの大きさだと実力的には最低でもD級の力はあったと推定されますね……つまり、本当にボスの変異種を倒したと言うことですか」

レスト先生が俺に魔石を返してそう呟く。しかし、レオは納得できないのか、

「しっ、しかし！　もしかしたら誰かから買い取ったのかもしれませんよ？　D級の魔石なら金貨一枚あれば買えるはず……」

「通常の魔石ならそうでしょうが、変異種の魔石は滅多に出回らない上に秘められたエネルギー量も通常の魔石よりはるかに多く、最低でも金貨五十枚は固いです。それもただ、魔石買い取り所で売った場合の値段なので、他の人から買うなら金貨七十枚は考えないといけないですね……レオ君はそんな大金をノエル君が言い訳の為だけに用意したとお考えですか？」

「……」

先生の言葉にレオは黙る。というよりも金貨七十枚とか用意できるわけが無い。そんな金を用意できるのなら俺は武器で困ることはなかっただろうし。

「さてと……確かに第三パーティーのした事は褒められるべきでは無いにしてもルール的には問題ありません。……正直に言って気分は悪いですが、元からそこに罠があると確信しての行動だという証拠が有るわけでもないですし……あるとしたら冒険者として、他の冒険者の危機を上の者に知らせなかった事ですね。しかし、その行動によって第十パーティーが深刻な生命の危機に陥ったのも事実……よって、第三パーティーは今回の実習で手に入れた収益の内三割を第十パーティーに支払い、謝罪を行う事とします」

先生の言葉に第三パーティーは項垂《うなだ》れるが、仕方ないとばかりに受け入れていた……一人を残して

「何でだよ!! 冒険者を目指すなら死ぬ覚悟ぐらい出来ているはずだ！ それに冒険者同士での争いも日常茶飯事のはず！ なのに俺等がどうして損害を受けなきゃいけないんだ！ おかしいだろうが！ 先生もさっき俺等の行動はルール的には問題ねえって言ってただろ?……それにコイツ等は別に誰かが死んだわけでもねぇ！ 無事に帰ってきたんだから問題ねぇだろ！」

レオだった。それを見てるパーティーメンバーも驚いたかのようにレオの方を見ている。

「レオ君……それは本気で言ってるんですか？」

レスト先生が声を低くして聞くが、レオはそれに気づかない。

「当然だろ！ 俺等が落とし穴があるってわかってて落としたならともかく、俺等がやったのはただ押しのけただけだ！ 冒険者の競争の一環に入るんじゃねえのか？ そんなことで今回の収益の三割を支払えだと!? あり得ね……「もういいです」……え？」

レスト先生が悲しそうにレオの方を見る。

「冒険者とは魔物と戦うだけでは無く、人を助けることも仕事に入ります。そして、自分の命を含めた人の命が左右される仕事です……」

レスト先生の腕がゆっくりと上がっていく。

「そんな仕事に就こうとしている者が、自分のしたことに対する責任を取れないと言うなんて言語《ごん ご》道断《どうだん》だと考えます。これだけは言いたくありませんでしたが仕方がありません……」

そして、その指がレオを指した。

「冒険者養成学校講師、レストがここに宣言する！ 彼の者――レオ――冒険者の資格無しと判断し、彼から冒険者の資格を剥奪《はくだつ》する」

その言葉に教室がシーンと静まったのは言うまでもない。

最初に口を開いたのはレオだった。

「冒険者資格を剥奪？　俺から？……学園長とかなら兎も角として、一介の教師であるあんたにそんなこと出来るわけがないだろ⁉」

レオの言葉ももっともである。幾ら先生だからといって冒険者資格の剥奪なんて出来るとは思えない。しかし、レスト先生は悲しそうに首を振ると、

「残念ながら出来てしまうのですよ。勿論私一人で出来るわけでなく、他に何人かの承認が必要になりますが、今回に限っては元より本人が悔い改める様子がなければ私の裁量で冒険者資格の剥奪を行えるように、他の方からの承認は得てあります。今回の事を話したら満場一致でレオ君は冒険者に相応しくないとの結果になりました」

「そ……そんな、俺は……強い冒険者にならないと……」

一歩後ずさったレオは突如俺の方を睨む。

「そっ、そうだ！　白魔法師！　あっ、謝るからレスト先生に資格剥奪を取り消すように言ってくれよ！　そしたらパーティー組替えの時にお前を俺等のパーティーに入れてやるからよ！　どうせ白魔法師なんて捨てられるんだから……「うるさい、黙って」……は？」

レオの喚きをアオイが途中で止める。

「貴方が何を思ってそんなことを言っているのかはわからないけど、そろそろ口を閉じて。不愉快」

アオイが今まで見たことも無いような冷たい視線でレオを睨む。その視線に恐怖を覚えたのか、レオが更に一歩後ろに下がる。

「第一、もう貴方の名前は冒険者のブラックリストに載ってしまっています。勿論この冒険者養成学校にいられるのも本日までとなってます。冒険者になりたいのでしたら一度自分を見つめ直してテストを受けるのですね」

レスト先生の言葉を聞いたレオは、最後にすがるように仲間を見るが仲間達は揃って目を逸らす。そして肩を落として教室を出ていった。

「本当にすまなかった。レオを止められなかったのは一重に俺達が弱かったからだ」

レオが抜けた第三パーティーの新たなリーダーとなった青年スウェットが俺たちに頭を下げる。

しかし、事情聴取の時に聞いた話だと殆どがレオのせいだ。むしろ残った四人は俺たちと同じく被害者と言っても良いのでは無いだろうか？　そう思ったのだが、どうしてもけじめは必要になってくるというテツの意見から謝罪と賠償はきちんと受け取る事にした。

「本来なら君達第十パーティーが手にいれるはずだった物を売ったお金だ。それがなければコボルトの魔石とかで満足していた事を考えれば、八割を賠償に差し出しても俺たちからしてもプラスになる。だから遠慮なく受け取ってくれ」

と言われて、収入の八割を差し出そうとしたスウェットだったが、俺たちも罠を見つけて宝箱を諦めるつもりだったのだ。なので、そちらの方は受け取らないことにした。

「ノエル。少し付き合ってくれ」

レオが学園を去ってからしばらく経った放課後、テツに声をかけられる。

「どうしたんだ？」

俺の問いにテツは顎に手を当てて少し考え込んだ後、

「俺と模擬戦をしてほしい」

と答えた。勿論断る理由も特に無かったので、テツと一緒に模擬戦闘場を借りに行く。模擬戦闘場は学校施設の一つで、中で強力な魔法を使っても破壊できないように作られている施設だ。同じような施設として、魔法研究室や魔法実験室等が上げられる。その模擬戦室の真ん中で俺とテツが向かい合う。テツは盾とメイスを、俺は魔導書を片手にテツに向かい合う。

「お互いに致命傷になるような攻撃は禁止でいいな？」

俺はテツを殺したいわけではないので勿論頷く。

「では、三つ数えたら開始だ。三、二、一！」

一の合図と共にテツが地面を蹴る。シールドを前につきだして走ってくるその姿は恐怖でしかない。俺は魔力循環を行い、自身に身体強化《ブースト》状態を付与する。そして、こちらへと向かってくるテツを回避すると、隙だらけのテツに魔導書を投げつける。

「グラビティ！」

しかし、俺の放った魔導書はテツの魔法によって叩き落とされてしまった。グラビティは確か、自分の周囲の重力を強めて相手の動きを止める茶魔法だったはずだ。効果範囲は自分の半径二メートルとかなり短い上に、発動中は自分も巻き込まれるというデメリットがあったはず。しかし、テツは何事も無かったかのように立ち上がる。いや――

「魔導書を叩き落とす一瞬の間だけ魔法を使っていたのか」

「ふむ、流石はノエルだ。しかし、解せぬな？　何故手を抜く？　アオイから話は聞いている。ミノタウロスと互角に打ち合っていた時のノエルは身体強化《ブースト》を二重に使っていたように見えたと。俺は強くなるためにノエルに模擬戦を申し込んだ。ノエルが全力にならんと意味がない！」

そう言って地面に手をつく。すると、地面から岩が生えてきてテツの盾と防具を覆う。

「俺がパーティーメンバーだからと言って気を遣う必要など無い！　全力で来い！　ノエル！」

「わかったよ、テツ」

テツの言葉に俺は一言呟くと、自身に身体強化《ブースト》をかける。

「二重身体強化《デュアルブースト》！　行くよ！　テツ！」

「来い！　ノエル！」

そこからの模擬戦は一方的な展開になった。幾らテツが岩を纏って防御力を上げたと言っても所詮は岩だ。不壊属性のついた武器《ほん》で殴られ続けて無事であるわけが無い。更に岩を纏ったせいで体の動きも遅くなっていた。そんな状態で速度だけならD級のミノタウロスをも越えていた俺のスピードに追い付ける訳が無い。

「ぬぉおおおお！」

あっという間に外装を全て剥がされ、がむしゃらに振り回すメイスも全て回避され一撃をもらい吹き飛ばされる。しかし、直ぐに立ち上がり俺に向き直る。

「ぐっ、まだだ……来い！　ノエル！」

俺はテツの言葉に頷き、猛烈なスピードでテツへと襲い掛かった。


「うっ……そうか、俺は気絶したのだな」

「大丈夫か？　テツ？」

俺のヒールによって目が覚めたテツが起き上がり、俺の言葉に頷く。

「あぁ、大丈夫だ。やはりノエルは強いな。俺も自分ではそこまで弱くなかったつもりだったがまだまだだったようだ」

「いや、テツは十分に強いよ」

テツは謙遜《けんそん》しているがおそらくテツは今期の中ではそれなりに強い部類に入るはずだ。今回俺に圧倒されたのだって相性の悪さに因るところが多分に含まれている。例えば今回の相手がニナ相手なら俺はかなり苦戦していただろう。ニナは自身の風魔法で俺に追いつけないとはいえ、近いスピードなら出せるだろうし、まず俺の攻撃は全て回避されてしまうだろう。まぁ、俺もニナの攻撃をもらってもヒールするし可能な限り当たらないようにはする。なので、結局は魔力の多さで俺が勝つことは出来るだろうが、かなり時間はかかってしまうだろうし、苦労もする。恐らく同じ理由にプラスして属性の相性の悪さからテツはニナにも勝てないのでは無いだろうか？　対するテツは攻撃は一発一発が重いが、その分溜めも大きく回避もしやすい。更にそこまでスピードがあるわけでは無いので攻撃の回避自体も難しくないのだ。だからテツが俺やニナに勝とうと思えば何とかして攻撃が絶対に当たる状態を作り出して渾身《こんしん》の一撃を当てるしか無いだろう。といったことをテツに説明する。

「ふむふむ、なるほどな」

と呟いた後何かを考えてから、

「いい鍛錬になった。礼を言う、また頼む」

と言って模擬戦闘室から出て別れた。

◆

二重に身体強化《ブースト》を展開した後のノエルはそれまでとは次元が違った。俺の最高の防御である「鉄壁《アイアン》の防御壁《ウォール》」もあっという間に全て剥がされて俺自身ノエルの一撃で弾き飛ばされた。その動きは、目で追えないほどでは無かったものの、速いと感じていたミノタウロスよりも数段速く、目で追えても体が追い付かなかった。逆に攻撃自体はミノタウロスよりも軽く感じたが、その一撃だけでもかなりのダメージが通ったのを俺は感じていた。その後、意地と気合いだけでノエルとの模擬戦を続けたのだが何も出来ないうちに叩きのめされてしまった。

「あのミノタウロスに勝てるわけだ……」

実際にはノエルの攻撃はミノタウロスには通じておらず、ノエルがミノタウロスを倒せたのは過回復のお陰なのだが、それを知らないテツはノエルの背中を見送って一人呟いた。その後自分の部屋へと戻りながら先程ノエルに言われたことを検討する。

（相手の動きを止めて一撃必殺か……）

相手の動きを止めるなら重力魔法であるグラビティが適しているが、あれは自分をも巻き込んでしまう。相手の動きを止められても自分が動けなければ意味がないだろう。そこまで考えてハッとする。

（もしも重力魔法の中でも動くことができるようになったら？）

十全にとは言えなくとも六割でも動けていればそれはかなり大きなアドバンテージになるだろう。それだけじゃない。重力魔法の中でメイスを振り下ろせば、重力魔法の影響もあって、威力がかなり上がるのでは無いか？　そこまで考え付いたらもう止まらなかった。その日からしばらくテツの部屋からは毎晩カエルが潰れたような声が聞こえるようになるのだった。

◆

テツがノエルに模擬戦を挑むようになり始めた頃、レッカとニナもまた各々の課題をクリアしようと、レスト先生の元を訪れていた。

「……という訳なんです」

二人はそれぞれの課題を自覚していたため、それをレスト先生に話してどうやって解決したら良いのかを尋ねていた。

「なるほど、レッカ君の赤魔法は火力不足でミノタウロスにダメージを与えられず、ニナさんは自分の防御力の無さからすぐにやられてしまったため、それを改善したいと……」

二人の要望を聞いてレスト先生が顎髭をいじりながら答える。

「ふむ、一応アオイさんから戦闘に関する報告は受けていますが……レッカ君に限って言えば今回は相性が悪かったとしか言えませんね」

「相性？」

「はい、私の見立てではアオイさんとレッカ君ではそこまで差は無い。どちらかと言えばレッカ君の方が火力は高いでしょう」

「でも、アオイの魔法はミノタウロスに傷をつけてましたが、俺の魔法は傷一つできませんでした……」

レッカの言葉にレスト先生が頷く。

「はい、ですから相性の問題だと言ったのです。今回のミノタウロスは途中でテツ君の攻撃を受けたとき、とても大きなダメージを受けているように感じたとアオイさんから報告を受けています。そして、自己回復能力を持っていた」

レスト先生の言葉に頷く。改めて聞いてみるとどうやって倒したのかノエルに聞いてみたくなった。

「実は、自己回復能力など、修復系統の能力を持つ魔物の大半は水の属性を持っているそうです」

「あっ！」

ようやく意味がわかったのかレッカが叫ぶ。

「そう、水属性を持つ魔物は土属性に弱く火属性に強い。茶魔法師であるテツ君の攻撃が一番効いていた様に見えたという報告から考えても今回のミノタウロスの属性は殆ど水で確定でしょう……まぁ、しかし話を聞く限りもし今回のミノタウロスがレッカ君にとって相性のいい風属性でも恐らくそこまでのダメージを与えることは出来なかったでしょうが……」

「だったら……」

どうすれば良いんだ？　と聞こうとしたレッカをレスト先生が手で制する。

「レッカ君はいつも魔法をどの様に撃ってますか？」

「それは……魔力を弾丸として銃に込めて、それを引き金と同時に放つ感じで……」

レッカの答えにレスト先生は頷く。

「では、これからは今までより多くの魔力を弾丸に込めなさい。基本的に赤魔法師の火力はどれだけの魔力を込めるかによって変わってきます」

しかし、レッカは首を振る。それくらいの事はもう試したことがあったからだ。

「そうすると勝手に分裂して放たれるようになりました。軌道《きどう》もバラバラで……」

「ふむ、それなら放つときにその軌道もイメージして放つのです。そうすれば一点に集中することが出来るでしょう」

まだそこまで納得いけていないのかもしれないが、取り敢えず頷くレッカ。

「それに、これは全ての魔法師に言えることだけど、魔力は使えば使うほど増えていく。勿論それそれに限界はあるけどね」

その言葉に目を輝かせるレッカ。

「それと、ニナさんの課題に関しては申し訳ないが私は答えを持ち合わせてはいない。緑魔法師は全魔法師の中で最も打たれ弱い。だからむしろ受けに行くんじゃなくて、どんな状況でも回避できるようにした方がいいのかもしれない」

「にゃー」

レッカと違って明確な答えを貰えなかったニナはがっかりといった感じで肩を落とす。

「それに、これは私よりももっと他に相談するべき人がいるんじゃないかな？　テツ君は私が見た生徒の中では茶魔法師としてトップクラスの実力は持っているし、ノエル君はサポートに特化した白魔法師だ。まぁ、その反面テツくんは今まで見た中でトップクラスの頭の悪さだったし、サポートに特化しているはずなのに、明らかに格上相手に殴り勝つノエル君なんかは本当に白魔法師かどうか怪しいところではあるんだけど……彼等に相談すれば多分何かしらの答えはくれるんじゃないかな？」

一部不安になる言葉があったが、確かにそうだと納得するニナ。早速二人はそれぞれの課題の達成のために動き出すのだった。

ちなみにニナはテツに防御力を上げる方法を聞きに行って、

「筋肉をつけろ！」

と言われ、相談する人を間違えたと項垂れることになるのだった。

その頃アオイはというと、やはり図書室にこもっていた。しかし、今アオイの周囲に積まれているのは何時もの勉強用の物では無く、冒険者としての知識が書かれた物や、それぞれの職業について書かれている物だった。それを片っ端から読みふけって何か出来ることが無いか探しているのだ。今回はノエルが強かったお陰で皆は助かった。だが、そんな幸運がずっと続くとは限らない。もし、バラバラになった状態で今回と同じような状態に陥ったら？　そう、アオイは間違いなく死ぬことになるだろう。そうならないためにもアオイは「決定打」となりうる攻撃、もしくは「時間を稼ぎうる」何かが欲しかった。そのためにページをペラペラとめくっていたアオイは自分の求める答えにはなり得ないものの、面白い記述を見つけたのだった。

「合体魔法？」

ある日、パーティーメンバー皆がアオイに集められて、魔法実験室に呼ばれた。そこで、アオイから合体魔法という魔法について説明を受けていた。

「ん、合体魔法は魔力の性質が近い者同士の魔法を合体させて放つことができるみたい。熟練の合体魔法の使い手達は魔法一つでS級の魔物を倒したっていう記述もある」

それを聞いてレッカ達がやる気を見せる。

「もし俺たちがそれを使えるようになれば、さすがにS級の魔物は無理でもこの前のミノタウロスくらいなら倒せるだろ！」

「やってやるにゃ！」

そこから各ペアに分れて試してみる。


――ノエル・アオイペア――


「こうか？」

「ん」

俺とアオイが手を繋いで合体魔法を使おうとする。

「あれ？　でも俺攻撃魔法無いんだけどどうしたら良いんだ？」

「そう言えば……ちょっと待って」

アオイが一旦離れて凄い勢いでページをめくる。少しして目的のページを見つけたのかそこを読み込み、ふむふむと一人で頷いている。

「どうやら補助魔法でも良いみたい。ノエルはヒールをお願い。私もヒールを使ってみる」

「了解。じゃあせーので行くよ？　せーの！」

俺はアオイを対象に本当に弱くヒールをかけてみる。しかし、アオイのヒールが俺に発動したのを感じるので、恐らく失敗だろう。

「……残念」

何故かアオイがとても落ち込んでいた。


――レッカ・ニナペア――


「仕方ねぇな！　俺達が見本を見せてやるぜ！」

「やってやるにゃー！」

二人は手を繋いで魔法を発動させようとするが――。

「ん？」

「にゃ？」

火の玉と風の玉が一つずつ的《まと》へと向かってぶつかる。どう見ても魔法が個別に発動したようにしか見えない。

「「……」」

まさかの結果に二人とも黙り込んでしまった。二人の耳もその心中を表すかのようにペタンと倒れている。

その後も幾つか組み合わせを試してみたが、結果は全滅だった。どうやら今の俺達には合体魔法は使えなかったようだ。

「じゃあ、このまま少し手伝って欲しいことがあるんだけど……」

合体魔法の習得に失敗した皆に、俺はとある提案をする。

「俺の魔法の実験に付き合ってほしいんだ」

俺の言葉に皆が首を傾げる。それはそうだろう。普通なら白魔法に実験が必要な物があるとは思えないだろう。俺はそんな皆を引き連れて、ダンジョンへと向かうのだった。


「……これは！」

「なんだこれ⁉　ゴブリンが弾けとんだ⁉」

「こんな魔法見たこと無いにゃ！」

初めて過回復を見たテツ、レッカ、ニナの三人が驚きの声を上げる。

「これは……ミノタウロスの時と同じ現象？　一体どんな魔法を使えばこんなことに……？」

アオイの言葉に俺は頷き、説明を始める。

「アオイの言う通りこれがあのミノタウロスを倒した魔法だよ。この現象はヒールを使って起こしているんだ。ヒールで傷を癒す時に魔力を多く相手に流し込むことで、回復させ過ぎる。これでどうして相手が破裂するのかは俺にもわからないんだけど……」

俺の言葉に皆が呆然とする。しかし、しばらくしてアオイがハッと顔を上げる。

「もしかしてこの現象って私たちでも起こすことが可能？」

今度はアオイの言葉を聞いて弾かれたようにアオイの方を見る三人。

「そっか！　これはヒールさえ使えるなら出来る。なら俺たちにも出来るってことか！」

「あっ！　待っ……」

レッカとニナが俺の言葉も聞かずに走っていく。

「ヒール！　あれ？」

「なんでにゃ⁉　魔物が爆発し無いにゃ⁉」

俺の想像通りそこには過回復が発動しなくて焦っている二人がいた。

「くっ！　まだ魔力が足りないのか⁉　それなら俺の魔力全部持ってけぇ‼　ヒール！」

再びゴブリンに触れて魔力を流し込むレッカだったが、ゴブリンの体に異変は見られない。魔力を使い切って動けないレッカにこん棒を振り下ろそうとしていたゴブリンは、直ぐ様追い付いたアオイのウォーターカッターにて首チョンパされていた。

「なっ、何でだ……」

レッカが地面に片足をつきながら愕然としている。

「この現象は結構魔力を使わないと発生させることが出来ないんだ。だからもしかしたらレッカ達じゃ魔力が足りないかも？　って思ってたんだけどやっぱりか……」

「ノエルと私たちではそこまで魔力量に開きがある？」

「多分だけど……白魔法師は他の魔法師に比べて魔力量が突き抜けて多い職業の筈だし、それに俺はこの魔導書がサポートしてくれているから」

成る程、とアオイも納得した様だ。

「じゃあどうしてノエルは私たちをここに連れてきた？」

確かに元からレッカ達が使えないことを予想していたのならここに連れてくる必要は無いのだ。

「あー、それは……恥ずかしながらだけど、俺も過回復を魔物に発動したのってあれが初めてで、正確にどれくらいの魔力で過回復が発動するのかってのはわからないんだ。だからそれを把握するための実験をしたいんだけど、それの援護を頼めないかな？　と思って」

俺の言葉に再び成る程、と頷くアオイ。それから俺は皆の援護を受けて、魔物に過回復を発動するのに必要な魔力量を探っていった。その間に俺はミノタウロスを倒してから感じている違和感についても同時に試していた。テツとの模擬戦時にも感じていたことなのだが――。

（体が動かしやすくなっている？　それに……多分だけどほんの少し魔力量も増えているような？）

そう、体が以前より動かしやすくなっていたり、入学して少ししてからしばらく伸びを感じられなかった魔力量が、また増えていたのだ。それも色々と試すうちに、気のせいじゃないとわかった。

過回復に必要な魔力量の実験も無事に終わったので解散し、俺はレスト先生の部屋に来ていた。

「ふむ、ノエル君が質問とは珍しいですね。何時も私の座学では話も聞かずに本ばっかり読んでいるのでてっきり私の授業には興味無いのかと思っていましたよ」

「うっ、すいません」

質問があると言った瞬間に皮肉を言われて思わず謝ってしまう。

「いえいえ、それでテストの点数が低いなら怒りますが、ノエル君は何時も高得点を出している。そういう生徒は毎年の様にいますからね。慣れてますよ」

レスト先生の話では、特に一度卒業して、冒険者としての経験を積んだ人は大体そんな感じになるそうだ。

「それで？　私に質問とは何でしょう？」

「実は変異種のミノタウロスを倒して以来、自分の身体能力が少し上がった気がしまして……それどころか、入学してすぐに止まったはずだった魔力量の増加がまた始まったんです。先生なら何か知っているんじゃないですか？」

俺や言葉にレスト先生は眉をピクリと動かしてから何かを考え始める。そして結論に至ったのか
「ノエル君。確かに私はその理由を知っています。だから教えることは簡単です。そこまで難しい話ではありませんしね。しかし、敢えて皆さんに教えていなかったその理由を考えて行動してください」

レスト先生の言葉に俺は頷く。それを見たレスト先生も満足したように頷くと、その理由を話してくれた。その話によると、人間は魔物を倒すとき、倒した魔物の一部を吸収して、自らの力の一部に変えているそうだ。そして、相手が強い魔物であればあるほど、手に入る力は大きい。成る程、今まではF-級のゴブリンやスライム、F級のコボルトしか倒していなかった。だからそこまで大きな成長は無かったけど、俺はD級の魔物であるミノタウロスの変異種を倒してしまったため、自覚できるほどのパワーアップをしてしまったと言うことか。それならこれを早く皆に伝えてやらなく

ちゃいけないだろう。しかし、先生の言っていた「私が敢えて皆さんに教えていなかったその理由を考えて行動してください」という言葉が少しひっかかる。この話を皆が知れば恐らく皆ダンジョンへ行ったり、依頼を受けたりして魔物を倒すようになる。二回のダンジョン実習で未だに犠牲者が一人もいない事を考えても、今更一階層程度の敵に遅れを取るような奴もいないだろうし……そこまで考えた俺の頭にレスト先生の言葉がよみがえる。

『強い敵を倒せば倒すほど、より多くの力を得ることが出来ます』

そうか……問題はこちらだったのだ。確かに一階層程度の相手ならば問題は無い。しかし、相手がE級なら？　ましてやD級の相手なら？　俺達がミノタウロスの変異種を倒したという噂はもうクラス全体に広がっている。戦闘時の詳細は伏せられているが、ダンジョンから出てきた時の俺達の惨状を見ていた者は多く、今はあえてボス部屋へ向かおうとする奴等はいない。しかし、この話が広まってしまえば？　そして周り全てが魔物を倒しに行くようになれば？　強くならないと置いていかれる。その焦りから恐らく、こう考える者が現れるだろう。

『アイツらに倒せたんだから俺達に倒せないわけが無い』

今回俺がミノタウロスの変異種を倒せたのだって、過回復という白魔法師だけに許された攻撃があったからこそ倒せたような物だ。でなければ普通に全滅していた。つまり、そういう犠牲者達を出さないためにレスト先生は敢えて話さないようにしているのだ。

「……私もその意見に賛成。レスト先生が私たちに話していない理由はそれであっていると思う。なのにノエルはどうして私たちにそれを話しているの？」

アオイの呆れたような声に同調するようにテツ、ニナ、レッカの三人が頷く。

「だって皆はもうD級の敵と戦ってその恐ろしさを知ってる。態々死ににいくような事はしないって思ってるんだけど」

「まぁ、まだ俺たちじゃD級の魔物相手は荷が重いってことは理解しているさ」

「しばらくはあんなのこりごりだにゃ」

俺の言葉にニナとレッカが机に倒れ伏す。俺も過回復使わずにもう一度戦えと言われたら全力で拒否するだろう。

「ふむ、ならばこれからしばらくは依頼を受けたり、ダンジョン一階層と二階層で魔物を倒しながら、たまに冒険者ギルドで依頼を受けにいくという事でよいな？」

テツの言葉に俺達は賛成する。勿論ボス部屋はしばらく見たくも無いからスルーして行く予定だ。


そして、俺達はしばらく方針通りにダンジョンで魔物を狩りつつ、冒険者ギルドで依頼を受けにいくようになった。ダンジョンの方は週一回の実習で最近潜り始めた二階層でもまだまだ余裕が感じられたので、三階層に潜っている。三階層になると二階層に比べて更にF級の魔物が増える他、ワームという新しいF級の魔物が現れるようになる。このワームだが、そこまで動きが早い魔物では無い。むしろ、同じF級のコボルトに比べると、動きはかなり遅い方だろう。しかし、こいつこそ初心者殺しと呼ばれる魔物なのだ。こいつには粘着性の糸を飛ばすという、ダンジョンで初めて遠距離攻撃を使う魔物なのだ。確かに客観的に見ればただ糸を飛ばしてくるだけかもしれないが、これがなかなか馬鹿に出来ない。大抵の初心者は、いきなりの遠距離攻撃に戸惑っている間に周囲一帯に糸が撒き散らされ、それを踏んで動きが鈍っている間にどんどんからめとられ、最終的に動けなくなりやられてしまうのだ。しかし、俺達の班はそんなことも無く、いきなりの遠距離攻撃も全てレッカが焼き付くし、その間にニナがワームを切り捨てていた。まぁ、最初はテツが糸まみれにされて不満そうにしていたけど。依頼に関しては本来なら討伐依頼を多く受けたいところだが、俺達の実力に見合った依頼というのは初心者用の物が多く、そういった依頼はすぐに無くなってしまうため、学校が終わってから冒険者ギルドへと向かう俺達が受けられるのは基本的に採取依頼となっていた。その採取依頼ではニナとレッカが活躍していた。

「俺達の故郷は森に囲まれていたからな」

「それにこの薬草は匂いも独特で見つけやすいにゃー」

ニナの言葉に俺達はニナが見つけた薬草の匂いを嗅いでみるが、嗅いだからといって簡単に見つけられるくらいに強い物ではなかった。獣人の嗅覚の強さは流石だな。

試しに、ニナ・レッカのペアとテツ・俺・アオイの三人でペアを組んで勝負してみたのだが、結果は惨敗。二倍以上の差をつけられてしまった。俺だって本とかで読んでそれなりの知識はあったはずなのだが、やはり獣人の五感と経験には勝てなかったようだ。後は、たまに残っていた討伐依頼を受けて、魔物と戦う経験を積んだりもしている。ただ、そういった依頼で討伐依頼ではダンジョンの外にいる魔物と戦う事になるので、最初の方はダンジョン内とは色々と勝手が違って色々と戸惑った。例えば、ダンジョンの中では殆ど前や、分かれ道からの攻撃だけを意識していればよかったのだが、ダンジョンの外ではどこから襲いかかられるかわからなく、緑魔法を使って索敵ができるニナが何時も以上に神経を張り巡らせることになった。それ以外にも、森の中ではレッカの攻撃は火災を誘発する可能性があり、レッカは十全に戦えないし、テツのメイスも振るうのが無理な訳ではないが、木に阻まれて、攻撃するのが難しくなっている。また敵を倒した後もダンジョンでは死体から魔石さえ取り出すことが出来れば、残りの死体はどういう仕組みか消え去る。しかし、ダンジョン外では魔物を倒した後、一々魔物の死体の処理をしなければならなくなる。魔物の死体の処理をしないと、腐った肉などは疫病《えきびょう》の原因になるし、何より魔物が血や肉の臭いに魅かれてやってくる事で、思わぬ魔物同士のパーティーが出来たりすることもあるのだ。更に、倒してから処理にもたもたしていると、やはり魔物が集まってきて大変なことになる。俺たちも一度、死体をどうやって処理するか考えている内にゴブリンの群れに襲われ、それ以来魔物の死体はレッカの赤魔法で血ごと焼却する事にした。森の中で倒した場合はテツが茶魔法で穴を掘った後、そこに死体を入れてレッカが焼き、それをテツがロックドームで包み込むことで燃え広がるのを防ぐという方法を取っていた。

そんな毎日を送って早二ヶ月。最近では『一階層と二階層で魔物を倒して合計の売値が銀貨五十枚になるように魔物を魔石を回収してくる』という内容だったダンジョン実習の内容がいきなり変化した。その内容とは――、

『二つのパーティーで協力して二階層のボスを倒すこと』

だった。ちなみにどのパーティーと組むかは本来なら選べるはずだったが、俺達のパーティーは既にD級であるミノタウロスの変異種を倒しているので、レオが去ったことにより戦力が他と比べて低くなっている第三パーティーと組んでください。とレスト先生から頼まれて第三パーティーと組むことになっている。

「改めて自己紹介を。俺はスウェットだ。第三パーティーのリーダーで青魔法師だ。もうD級の魔物を倒している第十パーティーの足を引っ張らないか心配だが、やれるだけやらせてもらう」

「私は赤魔法師のフェルノです。得意武器は弓矢で、爆発する矢を使って敵を攻撃します。……近距離攻撃は苦手ですが遠距離なら貢献できると思います！　アオイもよろしくお願いします！」

「ん、よろしくフェルノ」

あれ？　よく見たらこの人、面接の時に一緒だった三百七十三番の人じゃないか？　あまりに三百七十一番が印象に残りすぎて気づかなかった。面接の時に「本を読みたい」みたいな事を言っていたから、恐らくアオイと知り合いらしいのは図書室で話したことがあるからだろう。

「……俺は茶魔法師ブルーノ。一応後衛しかいないこのパーティー唯一の前衛をしている」

ブルーノは寡黙《かもく》な男といった感じで、何処か孤児院で一緒だったアインを思い出させる。まぁ、あそこまでカッコつけな感じはしないけれど。

「わっ、私はあっ青魔法師のクムシですぅ。こっ、攻撃魔法が苦手で、しっ支援魔法に特化してますですぅ」

何故かこちらを見てビクビク震えている女の子クムシ。……こんなので冒険者として大丈夫なのだろうか？　取り敢えず第三パーティーの自己紹介が終わったので俺達も簡単に自己紹介を済ませる。そして、集合場所であるダンジョンの入り口に向かおうとしたのだが、そんな中テツ達に呼び止められる。

「ノエル。頼みがある」

「頼み？」

俺の言葉にテツの後ろにいたレッカ、ニナ、アオイが頷く。

「今回ノエルは支援だけに集中してほしい。俺達がどれだけ強くなったのか確認したいしな」

成る程、確かに俺が攻撃に参加したら恐らく過回復一発でかたがつく。それでは訓練にはならないから今回俺には支援に徹して欲しい。そういうことなのだろう。

「わかった。でも皆が危なくなったら遠慮無く倒しに行く」

「うむ、その時は頼む」

俺の言葉に皆が頷く。それを確認して、俺達はダンジョンの入り口に向かうのだった。


「あれ？　あのおじさんはあの時の……」

俺は洞窟の入り口に先に行っていたスウェット達と話しているおじさんの顔を見て思わず呟いてしまった。そこにいたのはミノタウロスの変異種を倒した後力尽きていた俺たちをダンジョンの入り口まで送ってくれたおじさん達だった。

おじさんもこちらに気づいたのか、

「おっ？　お前らはこの前の運悪く変異種と戦う事になった奴らか。それなら俺等はやること無いんじゃねぇか？」

おじさんが笑いながら声をかけてくるが、俺には今一事情が飲み込めなかった。

「どういう事ですか？」

「ん？　あぁ、お前ら学校の授業でボスを倒しに行くんだろ？　万が一の時のための備えってやつだ」

聞いた話によると、学校側も生徒が絶対にボスを倒せるとは考えていないそうだ。だから、倒すのが難しそうな場合や俺達の時みたいに万が一変異種が出たときのために護衛の冒険者を雇っているそうだ。今回はそれがおじさん達の冒険者パーティーだったと言うことらしい。

「ノエル、この人達は誰だ？」

そう言えば気絶していたからテツとニナとレッカはわからないのか。俺はミノタウロスの変異種を倒した後、気を失っていた三人をダンジョン入り口まで運んでくれた人達だと説明すると、三人ともお礼を言っていた。

「それはよしとしてだ。一応俺達が今回の実習の評価などをつけることになっている。一応ボス部屋までの戦闘も評価に入るから気を抜いたりしないようにな」

おじさんの言葉に俺達全員で頷く。

「よし、じゃあ行くか」

「コボルトが来たにゃ」

ニナの言葉にレッカがニナの横に並び立ち、銃を構える。

「どれくらいだ?」

「後三つくらいだにゃ。二、一、今にゃ」

ニナの掛け声と共にレッカが引き金を引く。

「がうっ!?」

ちょうど分かれ道から姿を表したコボルトの頭がレッカの銃撃で弾け飛ぶ。その後、レッカは問いかけるようにニナの方を見るが、ニナが首を縦に振るのを確認して、コボルトの魔石回収に向かう。

「なっ……何だよ今のは」

スウェットが隣で驚いているが、特別なことは何もしていない。ニナの索敵を信頼してコボルトの頭の位置をただ撃ち抜いただけだ。最後にニナに向かってした確認は、魔石を取りに行っても問題ないかという確認だ。

「へぇ……」

おじさん達も面白そうにこちらを見ていた。

それから何回か魔物と戦ったのだが、全て問題なく対処できた。ただ、殆ど対処したのは俺達第十パーティーで、第三パーティーはスウェットとフェルノが一匹ずつ倒しただけだった。

「さて、無事にボス部屋の前まではたどり着けたのだが……今回指揮はどっちがする？」

テツがスウェットの方を向いて確認する。第三パーティーと第十パーティーで指揮を分けても良いのだが、それだと余計な混乱を生む可能性があったからだ。

「指揮は第十パーティーのリーダーである君に任せるよ、テツ君。ボス相手は初見の俺達より君達の方がボス戦は経験しているんだ。そっちの方が良いだろう」

「わかった」

スウェットの言葉にテツが頷く。

「なら、今回は俺がリーダーとしてパーティーを仕切らせてもらう。まずは確認だが、ノエル、今回のボスはミノタウロスで間違いないか？」

「いや、ミノタウロス以外にもコボルトリーダーが出るはずだ。だけど、コボルトリーダーはミノタウロスよりも多少動きが早い程度で、力はかなりかなり低いし、耐久力も無い。ミノタウロスとは違った指揮の取り方にはなると思うけど、多分全体的にミノタウロスよりも楽になると思う。ミノタウロスでも、前の変異種みたいに自己回復能力なんて持ってないはずだし、固さや力も前回よりはかなり落ちるから落ち着いて対処すれば問題ないと思う。どちらにせよ、変異種でもなければ属性は持っていないから属性の相性は考えなくてもいいと思う」

俺の言葉にテツは頷くと、パーティーメンバーをぐるりと見回して、

「なら、今回は前衛としてブルーノ、俺、ニナ、レッカの四人。俺とブルーノはニナとレッカに一人ずつつく。今回の戦いはニナとレッカがいかにボスの気を引き付けれるかが勝負になる。レッカ

はあんまり慣れていない近接になるが頼むぞ」

「おう！　任せろ！　あれから強くなった俺を見せてやるぜ！」

「やってやるにゃ！」

「……わかった」

テツの言葉に名前を呼ばれた三人が頷く。

「次に中衛として、アオイとスウェットの二人。二人は後衛のクムシの手が回って無い所への支援魔法と攻撃魔法での援護を頼む」

「ん」

「了解した」

アオイとスウェットが頷く。

「後衛には、フェルノとクムシの二人だ。クムシは味方全体にかかる支援魔法を使ってサポートして欲しい。手が回らないところは先程も言ったが、アオイとスウェットに任せてくれればいい。フェルノは後衛だが、クムシとは別行動し、移動しながら弓矢で攻撃してくれ。自分に注意が向きすぎたと思ったらしばらく攻撃せず、ボスの気を引いて動き回ってくれていれば、その間に前衛がボスの注意を取り戻す」

「わっ、わかった」

「承知いたしました」

クムシとフェルノが頷く。

「後にノエルだが、ノエルはその速度を生かして必要な所に回復と支援を頼む。特に一人になるクムシとフェルノを注意してやって欲しい」

「わかった」

　テツの言葉に俺も頷く。

「では行くぞ！」

「「「「「「「おぉ!!」」」」」」」


　俺達が部屋に入ると前回と同じく紫色の結界が構築される。全員が入ったのを確認しておじさん達のパーティーも部屋に入る。

「ヤバそうになったら俺達も介入するから出来る限りやってみるといい。」

　おじさん達の言葉に俺達は頷くと、各自配置につく。配置につくと同時に扉が閉まり始め、俺達は嫌でも緊張の中に落ちる。無理もないだろう。前回この音を聞いたときは、変異種のミノタウロスに手も足も出なくてボコボコにされたのだから。そして扉が閉まりきると、前回と同じように魔物が現れる。褐色《かっしょく》に染まった肌に、牛の様な角、手に持った大斧を一振りして咆哮を上げる。

「ぶもぉおおおおおおお！」

　——ミノタウロスだ。

「行くぞ！　攻撃開始！」

「ぶっ、身体強化《ブースト》です！」

テツの言葉と共に、パーティー全体にクムシの身体強化《ブースト》がかかり、ニナとレッカがミノタウロスに襲いかかった。

「喰らえ！　フレイムバースト！」

先制攻撃はレッカの魔法を使った銃撃だった。ミノタウロスの顔面に当たる瞬間に爆発を起こす。

「ブモッ⁉」

「隙だらけだにゃ！」

いきなりの衝撃に体勢を崩したミノタウロスがニナの風魔法を纏った短剣で腕に傷をつけられる。

「まだまだやるにゃ！」

ニナはその一撃から続けて何度も何度も同じ腕に切りつける。ようやく体勢を整えたミノタウロスがニナを狙う。

「アクアバレット」

「あっ、アクアバレット！」

しかし、アオイと……やや遅れてスウェットが放ったアクアバレットが目に当たり、悶《もだ》える。

「ニナ！　一旦離れろ！」

「にゃっ！」

レッカの言葉に一旦ニナが離脱し、それを確認したレッカが先程からずっと銃弾に溜めていた魔力を解放する。

「フレイムデストラクション！」

「ぐもぉおおおおお!!」

巨大な紅い閃光がミノタウロスを襲う。それによって更にミノタウロスが上げる苦悶の声が大きくなる。

「なんて威力……私も負けていられませんね。バーストアロー!」

痛みに苦しむミノタウロスに向かって矢が放たれ、着弾と同時に爆発する。その隙に再び接近していたニナが魔力を込めて剣身を長くした短剣で斧を持っていたミノタウロスの腕を切り飛ばす。

片腕を失ってバランスを崩したミノタウロスが倒れ伏す。

「今だ！　全力で叩き込め！　ロックバインド!」

倒れたミノタウロスをテツが魔法で地面に縛り付ける。

そこに皆の魔法が殺到し、

「ブモォ……」

哀れな声を残してミノタウロスはその短い生涯を終えた。

「お疲れ様。君達のパーティーは特に言うことが無いな。流石変異種を倒しただけの事はある。もうE級くらいの実力は余裕であるだろう。恐らくパーティーでなら戦う相手にもよるが、D-級相手なら十分に倒せるくらいの力量はあるんじゃないか?」

おじさんの言葉にレッカ達が嬉しそうに頷き合う。何故ならその言葉は、少しずつだが強くなっているとレッカ達に感じさせるものだったからだ。

「それでは、これからあなた達は少し早いですが長期休暇となります」

「はい？」

いきなり告げられたレスト先生の言葉に俺達は唖然《あぜん》としていた。

「一応予想はしていたのですが、普通は冒険者学校に入って半年そこそこ程度の人間が初見でボスを倒すなんてあり得ませんよ？　今回の実習も本来なら数回に渡ってボスと戦い、試行錯誤して倒すということを目的とした実習ですし」

つまり一回目で倒してしまった俺達は異常という事だろうか？

「まぁ要するにここからクラス替えまでは特に授業なども無いので、好きに過ごして頂いて結構ですよ。仮冒険者として依頼を受けるも良し、ダンジョンに潜るも良し、休養を取るも良し、一旦パーティーを離れて故郷へと帰るも良し。全て皆さん次第です。あっ、長期休暇明けの新しいクラスはそれぞれの寮の部屋へと直接届けられますので、それを確認してください」

「というわけで討伐依頼を受けにいこうぜ！」

「にゃー！」

レッカの言葉にニナが同調するが――。

「二人とも落ち着けって。今日はボス戦をしたんだ。絶対に皆疲れが残ってるだろうし、依頼も残っているかわからないだろ？　流石に今日は無理だ。明日からにしよう」

「ん、賛成」

俺とアオイの言葉に止められる。

「うっ、確かにそれもそうか……じゃあ、明日は絶対受けに行くからな！」

レッカの言葉に了承すると、俺は一人図書室に向かうのだった。え？　自分の部屋に帰らないのかって？　それこそ愚問だ。俺は今日言葉通り何にもしていないからな。本くらい読んでいても問題ないだろう。さっき言った言葉はあくまでも俺以外のメンバーの事だ。最近ルセンさんがまた白魔法師についての本を見つけたとアオイが言っていた。今回はその本を読みにいくつもりだ。図書館につくと、丁度ルセンさんが本をパタンと閉じたところだった。恐らく今読み終えたのだろう。

「ふむ、貴様か。丁度いいタイミングで来たな。後三十秒早ければ何としてでも図書室から叩き出していたところだ」

そう言って今閉じた本を俺に差し出すルセンさん。タイトルには『初級白魔法について』と書かれていた。

「見つけたときに思わず声を出してしまった所を小娘に見られたからな。いつか来るのはわかっていた。早めに読み始めていて正解だったな。俺はもう読み終わった。持っていくがいい」

「あっ、ありがとうございます」

俺はルセンさんにお礼を言うと『初級白魔法について』を持って自分の部屋へと戻る。なぜ自分の部屋に戻るのかというと、自習室だと魔法の練習ができないからだ。それに魔法実験室を使わなくても物を破壊する魔法など光魔法には無いから、練習だけならば自室で十分というわけだ。部屋へと戻ってきた俺はベットに腰かけると本を開く。

「何々？　キツケ？　気を失っている仲間の体に少しの魔力を流すことでショックを与えて意識を取り戻させる魔法？」

なるほど、この魔法があれば気絶した仲間の意識を取り戻すことができるわけか……しかし、意識を取り戻しても魔力が回復する訳でも、体の傷が癒える訳でもないのだ。このキツケ自体は比較的光魔法の中でも魔力消費は低い方だけど、使い勝手という意味ではそこまでよい魔法という訳でも無いだろう。それに、練習しようにもこれは相手が必要になってくるから練習しようが無い。今度テツとの模擬戦の時にでも使ってみて、人ばし……練習相手になってもらおう。

「そして次は……？　マナヒール？　自分の魔力を相手に受け渡すことができる魔法？　えっ⁉　これって結構使える魔法なんじゃ？」

勿論ヒールと同じく、対象の相手に触っていないと使えないし、自分の魔力からだから限界があることに変わりは無いのだが、俺には自身の使わない魔力を貯蔵しておける魔導書がある。少なくとも、この魔法との相性は悪くないはずだ。これもテツを人柱にして実験してみよう。

「後の魔法は……何々？　白魔法師ならば習得必須の魔法？」

何かの広告の様な書き方に俺は眉をしかめるが、次のページを捲《めく》ってみて俺は成る程と納得する。確かにこれは習得必須と言っても間違いは無いだろう。

『オールエリア』

別の光魔法と同時に使うことで、その魔法の効果範囲を広げる事ができる魔法。ただし、効果範囲を広げれば広げるほど消費魔力は増える。広がり方は自身から円形となる。

つまりはヒールが届く範囲を伸ばせるのと、範囲内の人間を同時に治療できるようになるのだ。他にも同じ魔物の群れが相手ならば同時に過回復を発動することも不可能ではない。後は先程の見つけた魔法である、マナヒールを離れていても使用可能になるということか。しかし、これはこれで実戦の中でしか練習出来ない魔法だな……明日からの討伐依頼の中で試してみるか。この日は夜になるまで『初級白魔法について』を読み耽《ふけ》っていた。

「さて！　どれにするにゃ？」
冒険者ギルドの依頼掲示板の前でニナが振り返って聞く。とはいっても残っている依頼の数はそこまで多くない。朝一で来てもこれとは恐れ入る。残っている依頼は——。

『依頼内容：スライム十体の討伐　期限：無期限　制限：特に無し　報酬：銀貨三枚　備考：特になし』
『依頼内容：コボルト十体の討伐　期限：無期限　制限：特に無し　報酬：銀貨七枚　備考：特になし』
『依頼内容：ゴブリン三十体の討伐　期限：無期限　制限：特に無し　報酬：銀貨十枚　備考：特になし』
『依頼内容：オーク五体の討伐　期限：無期限　制限：冒険者ランクＥ以上、もしくは冒険者養成学校初年度前期テストをクリアした者　報酬：銀貨十五枚　備考：制限ギリギリのパーティーは対一匹で戦うのを推奨。間違えても対三匹以上での戦闘は行わないこと。また、オークの肉は別途で買い取る事も可能』

うーん、悩むラインナップではある。スライム、コボルトは流石に分けることを考えると報酬が少なすぎるが、オークは少し荷が勝っている感じがしないでもない。いや、同じE級の中でも上位であるミノタウロスを手も足も出させずに倒せたんだからオークくらいならなんとかなるのか？まぁ、万が一の時は昨日覚えたオールエリアを使ってヒールを発動すれば何とかなることはなるだろう。しかし、他のメンバーの意見も聞かなくていけないだろう。

「アオイはどう思う？」

「ん、私は最後のやつ以外ならどれでもいい」

どうやらアオイはオーク討伐にそこまで乗り気ではないようだ。

「なんでオーク討伐以外？」

「必要でもないリスクを犯す必要性を感じない」

確かに、アオイの言うことももっともだ。他の皆も特にアオイの言うことに反論は無いみたいだし、オーク討伐以外のどれかと言うことになるだろう。

「じゃあ、流石にスライムは報酬が低すぎるから論外として、ゴブリンかコボルトだけど……」

「「「コボルト（だな）（にゃ）（だ）！」」」

流石に皆も三十体を相手にするのは嫌だったようだ。ほぼ、満場一致で決まったコボルトの討伐を受注し、コボルトの生息する森へと向かうのだった。

とは言っても今更コボルトごときに遅れを取るはずも無く、アルンの近くでコボルトがいるところと言えば、以前採取に来ていた森しか無いので、地理も問題なかった。俺にとって問題があるとすれば、キツケも、マナヒールも、オールエリアも試すことが出来なかったことだ。よく考えたらコボルト相手に回復が必要なほど消耗するようなら、ミノタウロスをあんなに圧倒できる訳が無く――。

「これってもしかしてあんまり討伐依頼を受ける意味がないのか？」

「どういうことだ？」

俺の言葉にテツが聞き返す。

「正直、魔物を倒して力を得るだけならダンジョンに潜って魔物を倒していった方が効率がいい気がするんだ。わざわざ依頼を受けなくてもいいし、金なら魔石を売れば手に入るし、俺達が今どのくらいの力を持っているのかも分かりやすい」

それに、ダンジョンの外とは違っていきなり自分の力量以上の相手に襲われる可能性も限りなく低い。なぜ限りなくなんて言い方をするかというと、流石に変異種の出現は防げないからだ。それに、変異種は外で活動していようと出てくるし。それを皆に伝えると、

「ふむ、確かに迷宮を進めていく方が良いのか？」

「確かに依頼を受ける度に敵を倒せるのか考えるよりはよさそうだ」

「ん……同感」

どうやら賛同を得られたようだ。俺達は依頼の報告を終えると、明日からはダンジョンに入ることにして解散した。

俺たちは一ヶ月の長期休暇の間、二日に一回のペースでダンジョンに潜り続けた。ダンジョン攻略が二日に一回なのは、流石に連日だと疲れが取れないからとテツが提案したからだ。最初は、少しでも多く魔物を倒して強くなりたいと考えているレッカが渋ったが、ニナの『その休みの日にデートができるにゃあ」という笑顔に負けて、了承した。その結果、今攻略している階層は十階層。出てくる敵はE-級からE級だ。一旦十一階層にも上がって見たのだが、流石にミノタウロスが普通にうろちょろしているような階層に踏み込むのはまだ早いと判断して、十階層で狩りを続けている。ミノタウロスが一匹ならもう楽々倒せるのだが、流石に三匹とかで襲われると、倒せないことも無いのだが、魔力消費などを考えても得策とは言えないだろう。一応ダンジョン攻略の間に色々と試して、それぞれの魔法の能力は大体把握できた。オールエリアは、魔力の消費量や効果範囲などを考えて、大体半径五メートルで使うのが一番効率が良いだろう。マナヒールは触れた対象の魔力の大量と現在の量を把握することができ、そこに魔力を流し込むことが出来るようだ。そして、MAX以上に送り込むことは出来ない。この特性を利用すれば、オールエリアと組み合わせて、俺と魔導書の中にある魔力の続く限り無限に魔力供給をすることも可能だ。キツケはテツとの模擬戦でテツを気絶させた時に使って見たのだが、効果は劇的だった。……使った俺がテツから頭突きを受ける程度には……。

キツケによって意識を取り戻したテツからは、

「緊急の時以外はもう使わんでくれ」

と頭を下げられてしまう。何があったのか聞いてみると、

「一瞬で終わったが、頭の中に直接赤魔法を入れられた様な感じだ」

との答えが返ってきた。想像以上にやばそうである。俺はテツのお願いにブンブンと首を縦に振るのだった。


そんな一ヶ月を過ごした俺達の元に、新しいクラスを記した通知が届けられたのだが――。

「Fクラス第十パーティーの後期のクラスはDクラスとなります」

ん？　Dクラス？　そこまでクラスに拘る訳では無いが、流石に変異種のミノタウロスを倒したのにDクラスはあり得ないだろう。それならABCのクラスに在籍している人達は俺達以上にとんでも無い奴らを倒しているか、勉強があり得ないほど……そうか、勉強か！　いや、そう考えてもおかしいだろう。テツは確かに毎回合格スレスレの点数でテストを乗り越えてきていたが、俺とアオイはテストでは殆ど満点か、小さな間違いのみだった。レッカやニナも平均より少し上を取っていたし、それを考えるとBクラスくらいには入っていておかしくは無いはず。そう考えてもう一度紙を読み直す。そして、俺達がDクラスの理由を理解してしまった。いや、これを知ればよくDクラスに入ることができたなと、逆に驚くくらいだった。この通知書にはクラス分けの理由もきちんと書かれていたのだが、そこには、

『今回のクラス分けは、実技の点数、試験の点数、入学試験時のパーティー内の点数を全てかけた数字／人数の数字を考慮して決められている』

と書いてあったのだ。そして、テツは入学試験についてなんと言っていたか、

『面接はともかくとして、筆記問題は全く出来た気がせんかったからな』

そして、言葉通り入学試験の問題を混ぜた問題も堂々と0点を取っていた。テツが入学試験で0点を取っていたことはほぼ確定だ。つまり、俺達はクラス決めのための数字の内一つが完全に0なのである。

「まっ、いっか」

俺は一人呟くのだった。


「えー、今日から一年度後期の授業が始まるわけですが、これから半年間皆さんの担任となります、レストです。初めての方もそうでない方もよろしくお願いしますね」

どうやら俺達のクラスの担任の先生は前期と変わらずレスト先生のようだ。

「さてと、実は一年度の後期から解禁される物があります。それはパーティーメンバーの引き抜きとトレードです。パーティーメンバーと馬が合わない。アイツと組んでみたい……最初にパーティーを組んでみてそう感じた方もいらっしゃると思いますが、今日からはそれが解決します」

その言葉にクラスがざわつく。

「ルールは簡単で、お互いの合意を得るだけ。別にパーティーリーダーの合意すら取る必要はあり

ません。あっ、でもパーティーリーダーが引き抜きに応じる場合はきちんとリーダーを誰かに引き継いで行ってくださいね？　でないとパーティーが崩壊しちゃいますから。後は禁止事項として、パーティーメンバーが三人未満になったとき、臨時でもいいのできちんとパーティーを組んできてください。三人未満になったパーティーは実習を受けるとき、臨時でもいいのできちんとパーティーを組んできてください。三人未満になったところは実習に参加することが出来ません。逆に人数の上限なんかは無いですが、パーティー全員を引き抜いて一つのパーティーにするのは禁止とします。わざわざ引き抜く必要も無いですし、一緒に実習を受ければ良いだけですから。後はパーティーが変更された後は必ず私に報告に来てください。それと、ある程度で良いのでパーティーが固まったらパーティー名もつけておいて下さい。今までと違ってクラスの何番のパーティーなんて呼び方は出来ないですから。勿論こちらも決まれば報告をお願いします。以上です。何か質問はありますか？」

その言葉に手が上がる。俺は手を上げた男を見たことがある、えーっと、確か——。

「はい、ヘンリー君。どうされましたか？」

そうだ。ヘンリー君だった。ヘンリー君もDクラスだったのか。

「はい、パーティーのメンバーが四人以上でも臨時パーティーは組めるのでしょうか？」

「はい、両方のパーティーリーダーの合意があれば可能です。でないと難しくなってくる試験とかもありますからね」

レスト先生の言葉に納得した様子のヘンリー君だったが、ふと何か思い付いたのか「もう一つ良いですか？」と聞く。

「二つのパーティーだけでなく、三つのパーティー、四つのパーティーと臨時パーティーを組むことは出来ますか？」

「それは担任の先生と応相談ですね。勿論臨時でもパーティーを組む場合は私の方へと報告は必要になります。流石に必要も無いのに多くのパーティーで臨時パーティー。通称レイドパーティーと呼ばれるのですが、それを組むことは出来ません」

今度こそヘンリー君は納得して着席した。その後はレスト先生による、今期のカリキュラムが発表される。今期は座学のテストは期末に近いところの一回だけだが、そのテストに合格しないと、校外学習に参加できないようだ。また座学の内容も、最初はダンジョンについてだが、次第に郊外の事についての授業に変わっていくそうだ。また、中間辺りにダンジョン二十一階層への遠征《えんせい》というダンジョン実習があり、こちらはD級の魔物が出てくる階層になるので参加は任意だ。更にここからは死ぬ危険がかなり高くなってくる。レスト先生の口からも魔物を倒せば力を吸収できるという説明を受け、ダンジョンに潜ろうと考える生徒もかなり増えたようだ。しかし、武器まで強化されるのは聞いていなかったので驚いた。……とは言っても強くなる＝ずっと使っているということだから強くなってもあまり長い間使えないことが多いそうだが。おや？　ここに不懐属性を持った武器があるぞ？

「最後に一つお楽しみがあるのですが……まぁ、これの詳細については今は語れません。では、今日は授業も無いのでここまでです」

と言ったレスト先生が教室を出た瞬間に教室が爆発した。とは言っても比喩的《ひゆてき》な意味でだ。どうやら今のパーティーメンバーに不満を持っていた人達が結構いたようだ。俺には特に不満は無かったが、逆にそれも珍しいのだろう。何もわからない中で組まされてうまく行く方が珍しい。しかし、そんな思考もクラスの内の一人が声をかけてきた所で止まってしまった。

「なぁ、そこの君たち。俺のパーティーに入らないか？　あっ、勿論そこの白魔法師は要らないぜ？」

その言葉に俺はかつてのトラウマが甦《よみがえ》っていた。マーカスにつき飛ばされて、

『失せろよ雑魚が。俺たちは冒険者になるために頑張ってるんだ。冒険者の才能もねぇ奴に構っている暇はねぇ』

と言われた記憶だ。

そうだ。俺は冒険者としての才能は欠片として無い、むしろ冒険者としてはあり得ない白魔法師なのだ。今のパーティーの皆が普通にパーティーメンバーとして接してくれていたから忘れていたが、俺は普通ならば要らない存在なのだ。俺の動悸《どうき》が激しくなっていく。チラリとテツたちを盗み見れば、顔を見合わせている。

「なぁ、お前のパーティーに入るメリットって何？」

レッカが聞く。

『どうせ白魔法師なんて捨てられるんだから……』

マーカスが言った言葉だ。やはり俺は捨てられるのだろうか？

「へ？　メリット？　そこの白魔法師と組んでいるよりは楽に動けるだろうさ。俺は少なくともお

荷物にはならないだろうからな」

「……？　それだけ？」

アオイの言葉に声をかけてきた男はこのままでは断られると考えたのか、慌てて続きの言葉を話す。

「おっ、俺とお前たちが組めばもっと上のクラスを目指せるはずだ！　聞いた話ではミノタウロスの変異種を倒したことがあるんだろう？　そこまでの力を持つ君たちみたいな存在がそんな落ちこぼれと組んでいて良い訳がない！」

その言葉を聞いたアオイが眉を動かす。

「……なら必要ない。さよなら」

「は？」

アオイの言葉に男が惚けた声を出す。俺も思わず顔を上げた。あれ？　これって俺がアオイ達に捨てられるパターンだったのでは？

「あ、もしかして誰か行きたい人いた？」

そう言ってアオイがテツ達を見回すが、

「いや、無いな」

「絶対無い」

「ありえないにゃあ」

と三人とも否定する。

「ん、だってノエル。行こ」

アオイが差し出した手を俺は呆然と見る。

「行かないのか？」

「……行ってほしいの？」

アオイの言葉に首をブンブンと横に振る。

「じゃあいい。行こ」

「待て待て待て！」

そのままアオイは俺の手を引いて教室を出ようとするが、声をかけてきた男が妨害する。

◆

教室を出ようとした私たちを妨害している男を見て私は呟く。

「何？」

「どうして俺たちのパーティーに入らないんだ⁉」

一瞬本当に何を言っているのか理解できなかった。なので首を傾げて、

「どうして入ると思ったの？」

と聞き返す。

「いや、だっておかしいだろ？　君たちは変異種を倒したんだ！　なのにAクラスに居ないってことはそこの白魔法師が足を引っ張ったに違いない！　なのに何でその白魔法師のパーティーから出ようと思わないんだ⁉」

この男はなにも知らないからこんなことを言えるのだろう。私もノエルと同じパーティーを組んでいなかったら同じ事を考えていたと思うし。

「はぁ」

なので、ため息を一つつくと、目の前の男に説明してあげるために指を四本立てた。

「あなたは四つ間違えている」

「四つ？」

男の言葉に頷くが、恐らく今私は相当めんどくさ気な顔をしているだろう。

「一つ目。あなたの話を聞いていても私たちの実績に寄生しようとしているようにしか聞こえない」

「そっ⁉ そんなことは！」

男は震えた声で否定しようとするが私は無視して二つ目の指を折る。

「二つ。私たちはクラスなんて気にしていない」

これは事実だ。実はテツが朝から皆の前で頭を下げたのだが、一瞬皆何の事か理解できず、ノエルに説明してもらってようやく理解したくらいだったのだ。

「なっ⁉ 何だと⁉」

狼狽《ろうばい》する男を無視して三本目の指を折る。

「三つ目に私たちがＤクラスになったのは別にノエルのせいじゃない」

そう言ってテツに視線を向ける。ここから先は当事者に話させた方が良いと思ったからだ。テツは直ぐに私の視線の意味に気づき、一歩前に出る。

「そうだ。むしろ俺達がDクラスになったのも俺のせいだからな」

「どっ、どういう事だよ……？」

困惑する男を見てテツが話し始める。

「今回のクラス決めの成績だが、入学試験のテストの点数を参照していたな」

話の流れが見えず更に困惑する男だが、その内容は覚えていたのか頷く。

「今も大して変わらんが、俺は勉強が苦手でな。入学試験も筆記テストは全滅だった」

「「「「「「「「は？」」」」」」」」

私たちのパーティーメンバー以外の、この騒ぎを見ていた野次馬《やじうま》たちも含めたメンバーが全員目が点になる。

「つまり、俺達のパーティーは俺が一点でも入学試験で点を取っていたらAクラスになっていた可能性が高いと言うことだな。あっはっはっ！」

テツの高笑いに呆然としているのを横目に私たちは再び教室を出ようとするが、再び男の声が私の足を止める。

「まっ、待て！　まだ四つ目の間違いを聞いてないぞ！」

「……言う必要ある？」

ここまでの理由だけで男が言ってきたメリットは全て必要ないものだと説明できた。わざわざ四つ目の理由を話すまでも無いだろう。私の言葉に男は反論できない様子なので、私はテツとニナとレッカに目線を送って教室を出る。勿論四つ目の間違いは用意していたが、不意に言いたくな

ったのだ。四つ目の間違い。それは――、

『私たちがミノタウロスの変異種を倒したんじゃなくて、ノエルがミノタウロスの変異種を倒した』という事実。だが、これを話すと、もしかしたら今度はノエルが引き抜きの対象にされるかもしれない。そう思って敢えて言わなかったのだ。ノエルは自分が白魔法師だからという理由で私たちがパーティーを出ていくと勘違いしていた様だが、それは逆だ。私たちは自分がノエルに遠く及ばないことを全員が理解している。だからこそ、ノエルがパーティーから居なくなることを恐れているのだ。

「ならどんな条件なら良いってんだよ⁉」

「……私たちは引き抜きに応じるつもりはないと言っている」

◆

次の日になっても昨日アオイ達に声をかけてきた男は諦めずにアオイ達を引き抜こうと声をかけてきた。しかし、その説得するための文言も昨日から何も変わっておらず、今度は逆ギレまで始めた。というよりはアオイから引き抜きに応じるための条件を引き出そうと考えたのだろう。しかし、アオイは別にこの男のパーティーに入る気持ちがあって、条件を吊り上げている訳では無いのでこの男の努力も無駄なのだ。

「それなら俺達のパーティーになら入ってくれるかな？　俺達は前の半年を支援なんて必要ないだろうなんて勝手な考えで過ごして苦労したんだ。だから優秀な青魔法師である君にパーティーに入ってほしいんだが」

グヌヌと歯噛みしている男の隣から傍観《ぼうかん》していた男の一人が声をかけてくる。それを聞いた最初の男が、

「おい！　勧誘は順番にって話だったろうが！　まだ俺の勧誘は終わってねぇぞ！」

勧誘の順番……？　意味がわからなかった俺だったが、男の周りに集まっている者達の様子を見て理解した。皆一様にソワソワし始めたり、仲間と思しき人達と話し合っているのだ。恐らく、一斉に声をかけるのではなく順番に声をかけることになったのだろう。

「は？　どう見ても断られてんじゃねぇか。それで何か変わるのかと思えば特に代わり映えのしない勧誘文句だ。それで勧誘が成功するとも思えないぞ？」

周りからはその言葉を肯定するような言葉が投げつけられる。

「ぐっ……」

悔しげに引き下がる男。それを確認した奴は再び顔をアオイへと向ける。

「改めて自己紹介から。俺はドット。茶魔法師だが、少しばかり異色でね。生粋のアタッカーなんだ。というよりは俺のパーティーメンバーが全員異色と言っちゃ異色なんだが……」

「……別に私は異色じゃないから」

仲間だと思われたのが嫌だったのかアオイが顔をしかめて否定する。

「失礼。君が異色かどうかというのは別に関係は無い。さっきも言ったがうちは攻撃一辺倒でね。更に脳筋ばかりが集まっているせいもあってテストも……まぁそこの茶魔法師君ほどでは無いがあ

まりよろしくは無い。このDクラスになったのもある意味では君たちと同じ様な理由だ。実技はトップクラスだが、座学の点数が低くてね」

「メリットは？」

後から出てきた男――ドットというらしい――の話には興味がなかったのか、アオイが単刀直入に聞く。

「俺達は火力には自信があるから君のところまで魔物が行くことは無いだろう、君は支援に集中することができる。どうかな？」

「断る」

「……理由を聞いても？」

即答したアオイを見て一瞬動きが止まったが、直ぐに立ち直ったのか理由を尋ねるあたり、さっきまでの男とは違うようだ。

「変異種の時を除いて私の所に魔物が到達したことはこちらのパーティーでも一度もない。つまり、そのメリットは私がそちらのパーティーにうつるメリットになり得ない」

「成る程……そりゃ無理だ」

お手上げとばかりに両手を上げて諦めるドット。

「ったく、あいつじゃねぇがホントにどんな条件なら呑むのか聞いてみたいぜ」

ドットのその言葉を聞くとアオイは後ろに並んでいる人たちをぐるりと見回すと、

「私どころか、レッカとニナとテツもそう考えていると思うけど、私たちがパーティーを離れることはあり得ない。私たちがパーティーを組んでいる以上のメリットがない」

言い切って周りの人達に目を向けるアオイ。どうやらアオイも周りにいた人間が勧誘目的だったと、気づいていたようだ。しかし、一向に引く気配を見せない人混みを見て、アオイがため息をつく。

「ノエル。適当にパーティー名を決めて。それでレスト先生に報告に行こう」

その言葉に教室がざわつき始める。レスト先生は『ある程度パーティーが固まったら名前をつけておいて下さい』と言っていたので、この言葉はアオイが他のパーティーに入るつもりはないと言う意思表示でもあったからだ。勿論パーティー名が決まったからと言って、勧誘が出来なくなる訳では無いが、アオイの意思を示すのには十分な一言だろう。その言葉を聞いた勧誘を考えていた人達が散っていくくらいには。

「……やっとスッキリした」

人がいなくなった教室を見回してアオイが呟いた。よっぽど鬱憤《うっぷん》が貯まっていたのだろうか？

「じゃ……パーティー名決める」

「あれ？　あれってあの場を鎮めるための言葉じゃなかったの？」

俺の言葉に首を振るアオイ。

「流石にこの場面で名前を決めないのはまずい。明日になったらばれる」

成る程、そしたらまた今日散らした勧誘が再発する可能性が出てくるわけか……。

「まぁ、主な勧誘はアオイが対応してくれているが俺達にも個人の勧誘は来ているからな。そろそろ止めてもらうためにもパーティーの名前を決めると言うのは良いことだと思うぞ？」

「俺とニナもだな。正直うっとうしいくらいに来ている」

「今のままじゃレッカとのデートも楽しめないにゃ……」

レッカとニナが疲れたように声を上げる。どうやらミノタウロスの変異種を倒したという実績は俺の予想外に大きな影響があったようだ。……当たり前といえば当たり前なのだが。

「じゃあ『朝焼けの空』なんてどうかな？」

思い付いた名前を挙げて見る。アルンへと向かうウェルさん達との旅の道中で見た朝焼けの空は、俺がウェルさんに「冒険者になりたい」と告白した時に見ていた景色だったので、かなり記憶に残っていたのだ。

「エンドオブワールドとかどうだ？　格好いいだろ？」

「世界を終わらせてどうするにゃ……」

珍しく疲れた表情でニナがレッカに突っ込みを入れる。そしてその後こちらに目を向けると、

「早く決めちゃうにゃ。でないとレッカが暴走しちゃうにゃ」

「暴走ってなんだよぉ！」

辛辣《しんらつ》なニナを揺するレッカだが先程のレッカのネーミングセンスから、暴走という言葉の意味を正確に察知する。

つまりは――。

「っていうよりさっきのエンドオブワールドも、レッカが昔飼っていた犬につけていた名前のはずにゃ」

「……」

教室に静寂が訪れる。

「うむ、『朝焼けの空』で決定だな」

テツの言葉に異論を唱えることができる人は一人もいなかった。尚、レッカの異論はニナが全力で押さえつけていた。

「なるほど、『朝焼けの空』ですか。良い名前ですね、わかりました。これで登録しておきましょう。にしても……」

レスト先生が俺達を見回す。

「見事にメンバーが変わっていませんね。普通なら最低でも一人か二人は変わっているものなんですが……」

「いけませんか？」

俺の言葉にレスト先生は首を振る。

「まぁ、こうなるだろう予想はしてましたからねぇ。ルール上文句もありませんし。しかし……いえ、何でもありません」

「どうしたんですか？」

口を滑らせてしまったことを自覚したレスト先生がやれやれと首を振る。

「何を勘違いしたのかあなた達『朝焼けの空』を解体して、別のパーティーに振り分けろなんて言う生徒まで出てくる始末です。私にそんな権限があるわけが無いのにね」

レスト先生の言葉に一瞬身を固くした俺たちだが続く言葉に体の力を抜く。

「しかし、残念な事に毎年パーティー組みの関係でバカなことを考える輩が必ず現れます。今回注目されている『朝焼けの空』の皆さんは注意してください。特にノエル君。君は白魔法師です……その意味がわかりますね？」

「つまり俺が狙われる可能性が高いから気を付けろという事でしょうか？」

俺の言葉に首を縦に振るレスト先生。

「やり過ぎないように気を付けてほしいという意味も込められていますが」

レスト先生の言葉に俺は頷くのだった。

◆

「畜生！　畜生！　畜生！　どいつもこいつもふざけやがって！」

ドットの奴も元パーティーメンバーの奴等もだ！　何が『お前はパーティーの事が何もわかっていない』だ！　お前らみたいな俺の命令を聞けないクズどものパーティーなんざこっちから願い下げだ!!ドットの奴もドットの奴だ。もう少しで勧誘が成功していたはずなのに邪魔しやがって。こうなったら意地でも勧誘を成功させてアイツ等全員俺を追い出したことを後悔させてやる。

「さて……どうするか」

一人呟く。

「そうだ。俺の事をパーティーメンバーとしてふさわしいと認めなかったアイツ等を一人ずつ叩きのめして、誰に従うのが正しいのか教え込んでやれば良いんだ。フフ、フハハ……アハハハハハ！」

◆

「おはよう……ってあれ？　テツどうかしたのか？　なんか服に煤《すす》がついてるけど」

「む？　すまんな。気づかなかった。昨日のやつがいきなり勝負を求めてきたので軽く捻ってきたところだ」

　昨日の奴って――。

「ドットの事か？」

　俺の言葉に首を横に振るテツ。

「昨日アオイにこっぴどく振られておった……む？　名前が思い出せんな」

「もしかして二日間に渡ってアオイにコテンパンにされていたアイツか？　っていうかアイツの名前を聞いてなかったような……」

　よく考えたら今学期に変わって自己紹介をしていなかったから、元同じクラスだった数人はわかるが、他のメンバーはドット以外名前すらわからないことに今更ながら気づいた。そういえば勧誘の時も「青魔法師」や「白魔法師」と呼ばれただけで、名前すら呼ばれていなかった気がする。

「まぁ、模擬実習室を使用したから問題はなかった。勿論手加減はしたし気絶していただけだったからな。適当に放置してきた」

　結末を聞けばそこまで興味も無くなったので授業に集中する事にした。しかし、翌日に聞いた言葉に俺は流石に危機感を感じざるを得なかった。

「図書室でフェルノと勉強してたらいきなり模擬戦に誘われた。断ったら罵詈雑言《ばりぞうごん》を浴びせてきて司書さんに追い出されてたけど」

「俺とニナがデートしてるといきなり魔法を撃ってきやがったな。バカなのか？　アイツ」

なんとテツと模擬戦をするだけでなくアオイやニナ、レッカにもちょっかいをかけていたようだ。しかし、俺はまだそんなちょっかいをかけられてはいない。

つまりは――。

「次はノエルの所に来る確率が高い」

アオイが言っている通り、次は俺の所に来る確率が非常に高いと言わざるを得ないだろう。正直あまり嬉しくは無い。


「はぁ、本当に来た……」

思わずため息をつかざるをえなかった。アオイの予想通り昨日までアオイ達を引き抜こうとしてきた男が俺の所にも来たのだ。しかも、早速一触即発って感じだ。

「お前をボコボコにしてやればアイツ等も気づくよな？　強いアイツ等に必要なのは弱い白魔法師なんかじゃなくて強い俺だって事に……お前さえ倒せば！」

「いやいや、まず支援役に強さなんて求めるもんじゃ無いだろ」

訳のわからないことを言っている奴に突っ込みを入れるが、聞いてないのか聞く気が無いのか、奴は動きを止めない。仕方ないし俺も魔力循環をして疑似身体強化《ブースト》を発動する。取り敢えず放ってきた赤魔法を回避して、軽く一発殴って動きを止める。

「なん……だと⁉」

俺に殴られた事が理解できないのか、それとも殴られた威力が理解できないのかどちらかわからないが、地面に倒れる。

「貴様……こんなことをして只で済むと思っているのか！」

俺は意味がわからずにただ無言で目の前で倒れている男を見る。男は立ち上がろうとしているようだが、その度に崩れ落ちている。どうやら力が入らずに起き上がることができないようだ。

「貴様のやったことは暴力行為だ！　俺が先生に言いつければどうなるだろうなぁ？」

「何を言ってるんだ？　コイツ？」

思わず口に出してしまった。自分は魔法を放っておいて反撃されたら暴力行為だと喚き散らす。俺には目の前にいる男が何をしたいのかが良くわからなかった。

「先生に言われたくなかったらパーティーを貴様自ら抜けろ。ひゃははは！　思い通りにはいかなかったが貴様がいなくなれば俺様があのパーティーに潜り込むのも難しくない！」

つまり脅迫したいって事だろうか？

「ふーん……あそこに魔法の跡があるけど？」

「そんなもの『魔法の練習をしていたら貴様がいちゃもんをつけてきただけ』とでも言っておけば良いだろう？」

「成る程、魔法の練習……ね？」

俺は動けない男に向かってゆっくりと歩いていく。

「そうだ！　だが、貴様が今すぐにパーティーを抜けると約束するなら黙っていてやっても良い……ぐあっ⁉　な、何をする⁉」

俺は男の背中に乗って動けないようにする。

「何って？　魔法の練習だよ」

「はっ！　光魔法に俺を傷つけられるような魔法なんて……がっ⁉　なんだこれは……⁉　体が……熱い⁉」

俺が男に向かって発動しているのはキツケだ。

「テツから聞いた話だと頭の中を焼かれるような痛みが走ったそうだけど……どんな感じだい？」

ちなみに、これも流していた魔力が一瞬だったからテツの被害も一瞬ですんだが、今回はずっと魔力を流し込み続けている。更に言うと、本来ならキツケは気絶した対象を強制的に叩き起こす魔法だ。男には気絶も許されず、ただただ苦しみを味わうだけになる。

「こっ、こんなことをして……許されるとでも」

「先生に言った所で誰が信じるんだ？　さっきお前が自分で言っていた事だ。光魔法には攻撃魔法が無い。ついでに言えばお前の怪我という怪我をついでに治しておいた……さぁ、この状態で一体誰が信じてくれるんだろうな？」

「あ……あぁ……もう、許して……」

ちなみに言うと、もうとっくにキツケは解除している。

「次、俺たちのパーティーに絡んできたらこんなものでは済まさない」

俺は奴に視線を向けてそう伝えるとそのまま奴は崩れ落ちた。そして奴の下半身から水が溢れ出す。それと同時にこちらへ走ってくる足音が二つ。俺が立ち去る間もなくその足音の持ち主であるレスト先生とドットが姿を表す。

「……遅かったようですね」

「なっ⁉　マクベスがやられただと⁉」

マクベスが誰かわからず一瞬首を傾げたのだが、消去法で倒れている奴の事だと理解した。レスト先生は小便を漏らしているマクベスに少し顔をしかめながらも軽く全身を確かめていく。

「怪我……は無いようですね。この状態でなぜ気絶しているのか逆に聞きたいくらいです。そして……」

レスト先生の目がマクベスの赤魔法がつけた焦げ跡に目を向ける。

「さてと、一応今回の経緯について教えて頂いても？　流石に私もあんな話をして三日もたたずにこうなるとは予想していなかったもので」

レスト先生の言葉に頷き、俺は話し始めた。始まりはマクベスが俺以外のメンバーをパーティーに誘おうとした事だったこと。アオイがそれを断った事。次の日にテツが模擬戦を挑まれて軽く倒したと言っていた事。その次の日……というよりも今日の朝に、他のメンバーも模擬戦を挑まれていたり襲撃を受けていた事。そして、俺も襲われる可能性を示唆《しさ》されていた事。

いきなり訳のわからないことを言われて、襲いかかって来られた事。魔法まで使われたので武器を使わずに反撃したら「暴力行為だ」等と貶された事。また、それを材料に脅迫されたこと。俺に向かって撃った魔法について言及したら魔法の練習中にいきなりいちゃもんをつけられた事にする等と訳のわからないことを言われた事。仕方がないので魔法の練習をしていたらああなった事を順番に話していった。

「どうやったら光魔法の練習であんなことになるんだよ……」

俺の説明を隣で聞いていたドットが隣で呟いたがそれは無視した。

そういえば――。

「どうしてドットがここに？」

先生も偶然にもここにいたとはとても考えにくい。

「俺はマクベスがお前に魔法を放ったところを偶然目撃してな。流石にまずいと思ったので先生を呼びに言ったのだ。マクベスが考えていることなど大体わかっていたし、お前も一応は変異種を倒したパーティーのメンバーなんだ。マクベス相手とはいえ、流石にそんなに直ぐにやられるとは考えてなかった……まぁ、逆にマクベスが倒されるとはもっと考えていなかったんだが」

成る程、それでドットが呼んできた先生と一緒にここに来たと。

「全く……あれほどやり過ぎないようにと言いましたのに」

レスト先生の言葉に俺は目線をそらす。流石に少しやりすぎだったという自覚はあったからだ。

「ノエル。そろそろ十一階層に挑戦しないか？」

俺がマクベスに襲われた次の日の授業終わりにテツからそう声をかけられる。

「十一階層か……」

マクベスに襲われたせいで昨日はダンジョンに潜れなかったが三日前に行ったときは十階層でも問題はなく戦えていた。というよりはずっと十階層で戦っていたので、問題など今更起こるわけもないのだが。

「ああ、他のメンバーの了承はもうとってある」

テツの言葉に頷く皆。

「じゃあ良いんじゃないか？　やばくなりそうなら逃げれば良いし」

「よし、じゃあ行くか」


そう言ってやって来た十一階層の攻略は思いの外簡単に進んでいった。十一階層で戦っているミノタウロスが二階層のボスより弱かったのか俺達が強くなったのか、ミノタウロスも比較的短い時間で倒すことができたのだ。具体的にはテツの重力魔法からのメイス攻撃二回くらいだ。そこで、比較的楽に攻略できる事を確認して十二層へと向かう。一応ボス部屋も見つけたのだが、十二階層に挑戦してみて十一階層と同じように行きそうなら挑んでみようという事になった。そのまま余裕があったので十二階層に挑戦する。出てきた魔物はラビットチャンプという魔物だ。まだ外でも戦った事は無い魔物だが、本では読んだことがある。要するに異様に四肢が発達したウサギの魔物で、その足を使った踏み込みからの突進はかなりの速度と威力だったし、壁を足場にしたアクロバットな動きには少し戸惑ったが、それだけだった。動きに慣れればカウンターで切りつけたり、上からの攻撃なら回避するだけで地面に頭をぶつけて気絶することもある。対処するのはそう難しい事ではなかった。

「しかし……俺たちも遂にD級に片足を突っ込んだのか……」

「長かったような短かったような……」

そう二人が言っているように、俺たちは今、条件付きではあるし、下位とは言えD級の敵をそれなりに余裕を持って倒していた。そう、ラビットチャンプは元々の等級こそE級だが『ダンジョンのように密閉された場所』『三匹以上との同時遭遇』の二つの条件下ではD-級の魔物として扱われるのだ。これなら十一階層のボスも倒せるだろうと考えた俺たちは、明日のボス戦に備えるために回路を使ってダンジョンの入り口へと戻ったのだった。

「テツ！　来るぞ！」

「身体強化《ブースト》！」

十一階層のボスであるオーガが俺たちの一番前に立っているテツに襲いかかる。テツは自身に身体強化《ブースト》をかけるとオーガを迎え撃つために駆け出す。

「「「身体強化《ブースト》！」」」

その間に俺達も自分自身に身体強化《ブースト》をかけて、アオイは杖を、レッカは銃を敵に向けて少し離れる。俺はアオイとテツの中間に、ニナはレッカとテツの間に入る形だ。

「ニナ！　今だ！　おおお！」

「了解にゃ！」

テツが盾でオーガのこん棒を打ち上げて大きく後ろに下がる。武器を持つ手を弾かれたために大きく隙を見せることになるオーガ。

「疾風刃《ウィンドエッジ》にゃ！」

その隙をついて風魔法を纏った短剣を四回叩き込むニナ。

「ニナ！」

「にゃっ！」

レッカの言葉と共にレッカの射線から外れるニナ。体勢を整えたオーガがニナを狙うが、

「フレイム・ランチャー！」

「ぐおおおお！」

レッカの魔法の連射に一歩後ろに仰け反る。その間にオーガから距離を取るニナ。オーガはニナの事など忘れたのか、自分を銃で滅多撃ちにしたレッカに狙いを定める。

「ぐ!?」

しかし、レッカの方へと向かう途中で片足をついてしまった。

「こっちだ！」

声が聞こえた瞬間に嫌な予感でもしたのか体を投げ出すオーガ。次の瞬間に轟音《ごうおん》が轟《とどろ》き、先程ま

でオーガがいた場所にはテツのメイスが叩きつけられていた。

「コイツ！　俺の重力魔法を受けながら攻撃を回避しただと⁉」

テツが驚愕するのも理解できる。テツの重力魔法はミノタウロスですら行動不能にしていたのだ。

そんな中で、簡単にという訳では無いが普通に攻撃を回避されれば驚くのも無理がないだろう。

「がぁあぁあ！」

「しまっ⁉」

驚いていた一瞬の隙を突かれたテツがオーガのこん棒で殴り飛ばされる。

「アオイ！　テツの回復を頼む！　その間は俺が押さえる！」

「わかった！」

俺は魔力循環を同時に行い、二重身体強化状態《デュアルブースト》にすると、テツを追撃しようとしていたオーガに魔導書を投擲する。焦ったせいで狙いをはずしたのか、オーガの目の前を通り過ぎていった魔導書だったが、幸いにもオーガの気を引くことは出来たようだ。オーガが走ってくる俺を見て警戒するように構えている。俺はアポートで魔導書を手元に引き寄せるとオーガめがけて振り下ろす。それをこん棒で受け止めるオーガ。俺は体術を交えながらオーガを攻撃する。二重身体強化《デュアルブースト》を発動しているだけあって身体能力で遅れを取るという事はなかったため、足止めだけなら難しいことでは無かった。

「ノエル！　一旦引け！」

レッカの言葉に俺は大きく跳ぶ。そんな俺を掠《かす》める形でレッカの魔法がオーガに炸裂する。

「すまん！　ノエル。もう大丈夫だ！」

俺が引いたタイミングで回復したテツとアオイが戻ってくる。

「テツ！　大丈夫か？」

俺の言葉に頷いたのを確認して俺はテツと交代する。

「さっきはよくもやってくれたな！」

テツが咆哮を上げてオーガに突進する。本当に大丈夫なのか少し心配になったが、オーガからの攻撃はすべて回避するか盾で受け止められているので問題は無いだろう。そこから十分後、俺達は無事オーガを倒しきったのだった。

「倒した今でも実感が無いぜ……半年前にはミノタウロスの変異種相手に全滅しかけた俺達がオーガ相手に余裕を持って勝てるなんてな……」

「あの時は絶対に勝てないと思ってたのににゃー」

「それだけ強くなっているという証拠」

「だが、やはり攻撃を受けたときのダメージは中々に大きかった。流石に二体同時に相手取る等はまだ考えたくは無いな」

テツの言葉ももっともだ。ある程度陣形を組んで、安全性に気を付けたからこそ殆ど怪我もなく終われたが、今回のテツのように少しの隙から大きなダメージをもらうような相手と戦うのは流石によろしく無いだろう。それでも今回ボスと戦ったのは決して悪いことばかりでもなかった。皆だけでなく、今回ボスと打ち合う機会を得て、俺も自分の成長を感じられたからだ。確かに前回もミノタウロスの変異種相手に打ち合えてはいたが、あの時はかなり必死になっていたし、相手にダメージを与えることができてなかった。しかし、今回もあの時と同じ二重身体強化《デュアルブースト》を使ったのだが、余裕を持って相手の攻撃を弾けたし、反撃もそれなりのダメージを与えられている感じがした。俺も強くなっている。そう感じて、俺は見つめていた自分の手をぐっと握りしめた。

俺達がダンジョン十一階層でボスをクリアしてから二日がたち、新年度初めてのダンジョン実習が始まった。最初のお題は、最後の実習と同じく「ボスを倒すこと」だった。しかし、前回の実習と違ったのは、二つのパーティーが合同で挑むのでは無く、一つのパーティーで挑まなければならなかった事だ。勿論護衛はつく。そして、今回は珍しく評価の対象を教えてくれたことも、何時もの実習とは違う点と言えるだろう。

今回の評価の点数は――。

・討伐に要した時間
・安全性
・連携の良さ

この三つだ。そして、この中では真ん中の安全性と連携が特に重視されるらしい。連携もくそもない状態でただ早いだけや、危険な行動をして早く討伐するなどはあまり推奨されないとレスト先生も言っていた。しばらくは同じ実習が続くと言っていたので、恐らくだが新しいパーティーの試運転も兼ねさせているのだろう。また、毎回の点数で匿名《とくめい》のランキングが作られ、自分の点数は担任の先生に訊けば教えてもらえるそうだ。しかし――。

「今更ミノタウロスはなぁ……」

「もう私たちなら一人でも倒せるにゃ」

一応二日前にD級の魔物をパーティーで倒したので俺たちのパーティーである『朝焼けの空』の等級は、暫定《ざんてい》でD級なのだ。口には出さないがアオイもそこまでやる気にならない様子だし、そう言っている俺も実はそこまでやる気にはなれていない。

「ふむ、それならこういうのはどうだ？」

テツの言葉に、俺達は一気にやる気を取り戻したのだった。

「さーてと……やるか！」

「レッカ！　がんばるにゃー！」

ボス部屋についた俺達はレッカ一人を残して、部屋の隅に固まる。その様子を見た護衛の冒険者達がぎょっとした様子でこちらを見る。

「おいおい！　お前たちも戦う準備をしなくて良いのか!?　そこら辺の魔物が相手じゃなくてボスが相手なんだぞ!?」

「大丈夫ですよ。レッカなら一人でもミノタウロスくらい余裕ですし、いざと言う時のためにアオイが何時でも手助けに入れるように魔法の準備をしてますから」

護衛の冒険者達の言うこともっともだが、俺達も俺達できちんと備えているので問題ない。

「さてと……さっさと終わらせますかね。フレイム・バースト！」

丁度姿を表したミノタウロスに向かって、レッカが魔力の込められた銃の引き金を引く。

「……ブモォ」

その魔法は、ミノタウロスに着弾すると同時に爆発し、ミノタウロスの体を爆散させた。

「……おいおい、まだ一年度の学生だよな？」

護衛の冒険者達は唖然とした表情で呟くのだった。


「それで……？　俺達はどうして呼び出されたんですか？」

ダンジョン実習の次の日に俺達『朝焼けの空』は呼び出されていた。呼び出しの理由は全くわからないかと言えば答えは否なのだが、敢えて訪ねる。レスト先生はそれを理解しているのか、ため息をつきながら答えてくれた。

「この実習の点数についてですよ。何なのですか？　この点数は」

そう言ってレスト先生が見せてくれた紙には――。

時間点　100／100　安全点　150／150　連携点　000／150
合計　250／400

と書かれていた。まぁ、確かに連携もくそもなくレッカが一発で仕留めたのだから連携点はもら

えなくて当たり前だろう。なので俺はありのままを話すことにした。要するに、

「連携などする余裕もなくレッカが一撃でミノタウロスを葬りました」

と話したのだ。まぁ、概《おおむ》ね間違ってはいないだろう。まぁ、連携するつもりが無かったという点では間違えていると言えなくもないが。俺の答えにレスト先生はため息を一つつくと、俺たちの退室を許した。

「ノエル！　お前たちの班の点数は幾つなのだ？　ちなみに学年トップは400点中332点だそうだ。そして俺たちは327点だ。少し安全点が減ってしまってな。流石にトップは無理だったようだ」

教室に入ってきた俺達をいきなりの凄い勢いのトークで迎えてくれたのはドットだった。俺がマクベスに襲われた一件以来、ドットは俺を認めてくれたのか俺に頻繁《ひんぱん》に話しかけてくるようになった。俺は確認する意味を込めて皆を見るが、別に教えることを良く思っていないメンバーはいないようだ。なので、そのまま教えることにする。

「俺たちのパーティーは250点だったよ」

俺の言葉に眉をしかめるドット。おそらく予想以上に俺たちの点数が低くて戸惑っているのだろう。

「そうか、そういう時もあるよな？」

なにか勘違いしたのか、微妙そうな顔のままドットは俺たちから離れていった。

「アクアカッター」

アオイの魔法が現れたばかりのミノタウロスの首を切り落とす。哀れミノタウロスは一言鳴く余

裕すら与えられずに葬られた。

時間点　１００／１００　安全点　１５０／１５０　連携点　０００／０００

合計　２５０／４００

「疾風刃《ウィンドエッジ》にゃ！」

「ブモッ⁉」

ニナの風魔法を纏った短剣であっという間に首と胴体がお別れ会を開いてしまったミノタウロス。

時間点　１００／１００　安全点　１５０／１５０　連携点　０００／０００

合計　２５０／４００

「ふん！」

「ブモォオオオオ⁉」

テツの重力魔法によって地面に叩きつけられたミノタウロスの頭をテツのメイスが叩き潰す。

時間点　１００／１００　安全点　１５０／１５０　連携点　０００／０００

合計　２５０／４００

「はっ！」

俺はミノタウロスに触れた瞬間に魔力を大量に注ぎ込み過回復を発動させる。それと同時にミノタウロスの体は弾け飛び、空中に現れた魔石を俺は掴み取るのだった。

時間点　１００／１００　安全点　１５０／１５０　連携点　０００／０００

合計　２５０／４００

「お前らは一体何をしたんだ？」

俺達のパーティーの点数を毎週のように訊いてきていたドットだったが、今ではオバケでも見るような目でこちらを見てきている。まぁ、毎回のように変動しなければおかしい点数が毎回固定なのだ。恐ろしくなるのも仕方がないだろう。仕方がないのでドットには俺達がこの実習でやっていたことを教えてやる。要するに俺たちは実習毎に、それぞれ当番を決めて、そいつが一人でボスを倒していたのだ。なので、俺達には連携点がつくことは無い。

　そういった内容の事を話すと、

「つまりお前らはノエルも含めて全員一人で……それも時間点と安全面で満点をもらえるレベルでボスを倒せるってことなのか？」

「そういうことだな」

　俺の言葉に絶句するドット。

「……どうやったらそんなに強くなれるんだ？」

「ダンジョンに潜って魔物を倒し続けていただけだよ。俺達はドット達よりも早くその事を知ってたから、授業が終わった後は基本的にダンジョンに潜ってたんだ」

「成る程な。魔物を狩ることで強くなれる事はレスト先生も言っていた事だし、間違いは無いだろう。他のクラスではもう犠牲者が出ている等という噂まで流れてきていたから躊躇《ちゅうちょ》していたのだが、ここまで差が出るのなら話は別だ。俺達も今日からダンジョンで魔物を倒していくことにするよ」

　俺の言葉に頷くドット。他のクラスとは言え、犠牲者が出たという話は初めて聞いたので驚いたが、俺はドットにはその犠牲者になって欲しくないと思った。何だかんだいって白魔法師の俺に普通に接してくれるドットという存在は珍しいし、俺にとってありがたい存在ではあった。

　なので——。

「絶対に安全マージンだけは取っておけよ？　強くなるにしてもその前に死んじゃあ意味がないん

だからな」

「はっ！　そりゃそうだ」

ドットは自分では頭がよろしくないと言っているが、自分が出来ないようなことをするような奴では無いだろう。なので俺は特に心配してはいなかった。


そこからの俺達はダンジョン二十一階層への遠征に向けて、着々とダンジョンを攻略していった。やはり、Ｄ級のボスを倒したという事実は皆に自信をつけたのか、俺達はあっという間に到達階層を更新し、二十階層までを踏破《とうは》していた。そしてチラリと二十一階層を覗いて来たのだが、二十一階層からは正にレベルが違った。まず、魔物の数が違う。今までの階層ならば、どこかしらに一匹で行動している魔物というのはいたのだ。しかし、この階層では最低でも三匹の魔物が群れている。レスト先生が言っていた通り、全ての魔物がＤ級として本に書いてあった魔物ばかりだ。それを確認した俺達は態々護衛つきで潜れる機会があるのに、無理してすぐに入る必要は無いという結論に達し、二十一階層へのダンジョン実習までの時間を二十階層での狩りに費やした。また、ダンジョンに潜っていない日は相変わらずテツとの模擬戦をしていたり、自習室でアオイと（たまにＡクラスになったフェルノが入ってくる）一緒に本を読んで、気になったことについて話し合ったりもした。二十階層ではボスとも戦ってみたがそこまで苦労をせずに倒せるようになっていた。そして遂にその時がやって来た。

「それでは今日は参加任意のダンジョン実習です。何時も潜っている低階層に比べれば敵は恐ろしく強くなっています。この実習の目的としてはもし自分より格上の相手と突如当たってしまった時、どのように対処すれば良いのかを知ることです。本来ならば二十一階層の敵は三匹以上での出現となりますが、皆さんが一体に集中できるように護衛の冒険者の方々が数を減らしてくださいます。しかし、それでも皆さんにとっては強敵であることに変わりは無いと思いますので、気を抜かないようにしてください」

「はい！」

レスト先生の言葉に参加した生徒達が返事をする。今回の依頼ではパーティー一つにつき、C級の冒険者が二人つく。つまり、合計で七人のパーティーでダンジョンに潜ることになるのだ。ちなみに他にこの実習に参加したパーティーは、Aクラスからは、スウェット達のパーティー四人とその他二パーティー十三人、俺達のクラスからは俺達とドット達のパーティー五人で計十人、他のクラスからはBクラスが二パーティー十一人とCクラスの三パーティー十七人。Eクラスから後ろのクラスからの参加者はいない。おそらく参加条件を満たせなかったのだろう。今回この実習に参加を申し込むのにも条件があったのだ。今まで十二回にわたって行われたダンジョン実習で総合得点の平均が400点満点中250点以上で、尚且つ安全点の最高点が150点満点中130点を越えているパーティーのみとなっている。俺達は最初の五回が時間点安全点共に満点で連携点0点の250点で、そこからは少し連携の練習で色々と試していたので、点数がバラけていた。それでも連携を試し始めてから一度も350点を割った事は無かったので条件は余裕で満たしていた。逆にドットのパーティーは安全点が中々に120点を越えておらず、少し焦っていたようだが、何とか安全点で123点を取ることができ、この実習に参加できた。フェルノから聞いた話では、スウェット達のパーティーは特に危なげ無く条件を突破していたようで、アオイと俺が自習室で勉強している時に、嬉しそうに報告してきた。まぁ、少し騒ぎすぎたせいでルセンさんによって図書室から追い出される事になったのだが……。

「まずは自己紹介ですね。私はマキと言います。一応茶魔法師ですが、守りに特化していて攻撃は得意ではありません。ただ、守りにおいてはC級の中でもトップクラスだと自負してます。よろしくお願いします」

「俺は緑魔法師のランカだ。マキと同じパーティーだな。槍使いだからって理由で仲間からはランサーって呼ばれてる。まっ、よろしくな」

俺達のパーティーと一緒に潜ってくれるのは桜色の髪をした茶魔法師のマキさんと、青色の髪をした緑魔法師のランカさんだ。俺達もそれにならって自己紹介を済ませると、早速ダンジョンに潜る。どうやら俺達の班が一番出発が遅かったようで、洞窟の入り口には誰も居なかった。なので、俺達は二十階層まで回路を使って移動することを提案したが、それはランカさんから拒否された。いわく——。

「お前たちが二十階層まで行ける実力があんのはわかった。だが俺達はお前たちの事を何も知らねえし、お前達も俺らの事をなんにも知らねえだろ？　そんな状態じゃ助けに入ろうにも、どのタイミングで入れば良いのかわかんねえし、かばわれる方もどうしたらいいかわかんねえだろ。だからこの二十階層までの道のりで互いの戦いかたを確認するんだ。それに今回の実習には時間制限があるわけでも、時間が評価に入ってくる訳じゃねえんだ。態々リスクを犯して時間を取る必要もねえ」

成る程。確かに助けるための攻撃に当たってしまって更に状況を悪くしてしまったら最悪だ。ランカさんの言葉に納得した俺達はゆっくりと、しかし確実に進んでいく。途中でマキさんやランカさんの戦い方も見せてもらったが、圧巻の一言だった。ランカさんの槍さばきは、ここが狭いダンジョンの中だと言うことを忘れさせるほど正確で早かったし、マキさんも攻撃が苦手と言いながらもその手に持ったラウンドシールドで敵を殴ったり、シールドに仕込まれていたのか、盾から刃を出して敵を切り裂いたり、マキさんが盾についていた紐を引くと、盾の外側が回転してチェーンソーみたいになり、それを紐で振り回したりしていた。

「あはは、アイツ盾の使い方おかしいだろ？　良く言われるんだが……」

「あれ？　おかしいですか？」

ランカさんがそう言ってくるが、何かおかしい使い方をしていただろうか？　俺だけじゃなくて皆首を捻る。

「ん？　あれ？　普通は盾って仲間を守るためのものだよな？　盾で殴るのはともかくとして、盾で切り裂いたり盾を投げたりしねえよな？」

ランカさんの言葉に皆の視線が俺に集中する。あわせてランカさんの視線がこちらに向いたが、なぜ皆が俺に視線を向けたのかわからなかったのだろう。首を捻っていた。しかし、俺が魔物と戦うと先程の視線の意味がわかったようで、呆れられた。

「なぁ、何でお前は普通の武器を使わねぇんだ？」

俺が戦闘を終了させた後のランカさんの第一声がこれである。これに関してはテツ達にも話したことが無かったので、テツ達も気になっていたのか、耳をすましている。

「実はこの魔導書と契約してしまった後に知ったんですが、この魔導書はどうやら契約した人が他の武器を使うことが出来なくなるみたいで……」

俺がテツとの模擬戦でも魔導書を使っているのはそれが理由だったりもする。ちなみに使うことが出来なくなるとは、武器自体を持てなくなるようだ。試しにテツのメイスを持ってみたのだが、段々とメイスが熱くなってきて、最終的に持てないような温度になってしまった。しかし、熱く感じたのは俺だけだったようで、その後テツは普通にメイスを使っていたが。

「なので、俺は他の武器を使えないんですよ」

俺の言葉に驚愕するパーティーメンバー達。

「マジか……」

「ノエルの趣味だと思ってたにゃー」

「……呪いの武器？」

「お前らパーティーメンバーだよな⁉　なんで初めて聞いたみたいな感じになってんだ⁉」

レッカ達の驚き様にランカさんが突っ込みを入れる。まぁ、話してなかったからね。気を取り直して進み続けるが、結局二十階層につくまで特に苦戦するポイントなどは無かった。

「おっ！　一番乗りか！」

そのお陰もあってか、ランカさんの言葉通り二十一階層への到着は一番乗りだったようだ。どうしてわかるかと言うと、二十一階層での活動を開始する前に二十階層後のフロアで集合することになっていたからだ。そこに到着したときに他のパーティーが一組もいなかったからだ。

「ならしばらく休憩するか。勝手に行くわけにもいかないからな」

ランカさんの言葉に皆が頷いて各々別れて腰を下ろす。

レッカとニーナは二人一緒に座り込んで何やら話をしているし、テツは自らの盾やメイスの整備をしている。そしてアオイは俺の隣で座って目を閉じている。恐らくは少し寝るからその間何かあったら起こしてほしいという事だろう。なので、俺もアオイを気にかけながら魔導書を開いて中を確認する。近魔導書で敵を殴るだけで、魔導書を開いていなかったことに気づいたからだ。とは言え後のページ以外が白紙になっている本を開く必要性等特に無いのだが。そう思いながらも暇なので手慰みにパラパラとページをめくっていく。

「……ん？」

ページを適当にめくっている間に気のせいか、何か書いてあるページがあったような……？　何か文字のような物が一瞬見えたような気がしたのだ。

「確かこの辺だったような……あった！」

いつの間にか魔導書の中に新たな文字が書かれたページが現れていたようだ。そこに書かれていたのは――。

「ホワイトの強化により、新しい能力が追加されました。追加された能力『支援の心得』：支援魔法を使用した際、残り時間がわかるようになる」

もしかしたらこれがレスト先生の言っていた武器の強化だろうか？　とりあえずどんなものか試してみるために俺は自分に身体強化《ブースト》をかける。……確かに後どれくらいで解けるかが何となくだがわかるようだ。色々と試してみたが、どうやら効果は俺が魔導書を持っている状態で発動した補助魔法（魔導書の補助を受けた魔法という可能性もある）に限り、魔導書を手放している間はこの感覚は感じなかった。つまり、魔導書を投げている間は支援魔法がいつ切れるか等がわからないので戦い方も考える必要性が出てくるだろう。しかし、これを抜きにしたって、結構凄い能力なんじゃやないか？　通常支援魔法は切れた後にかけ直す物だが、この能力があれば切れる直前にかけ直すことができ、支援魔法を受ける側にあまりストレスを与えずに戦闘を続けさせる事ができるのでは無いだろうか？　俺はこの能力でできることを考えて一人微笑むのだった。

◆

「アオイって多分ノエルに気が有るよな？　多分アオイ自身でも気づいてないとは思うけど」

「ニナもそう思うにゃ」

ニナ達は離れてアオイとノエル君を観察して二人で話をしていたにゃ。

「しっかしノエルはなんで気づかないかね？　テツでさえ何となく察して最近では必要以上にノエルの側に行かないようにしている節があるってのに」

「うーん、レッカがそれを言うのは違う気がするにゃ」

ニナだってかなり大胆にアピールしていたのにレッカは告白するまで気づいてくれなかったからにゃ。付き合い始めた頃には近所のおじさんから「お前らやっと付き合い始めたのか」って呆れられたくらいにゃ。レッカもそれを覚えているのか、顔を赤くして慌てだす。

「そっ、そんな前の事を蒸し返すなよ！」

そんなレッカの顔が可愛く思えてきてニナはレッカに思わず飛び付いてしまうのだった。

◆

そんな感じで各々時間を潰している間に続々と他のパーティーが到着する。俺達の次に到着したパーティーはドット達のパーティーだった。

「流石にお前らは早いな。俺達の方が先に出発してたから俺達の方が早く着いたと思ったんだが……まぁ、ダンジョンの方は意外と何とかなるもんだな。護衛の人がいたお陰ってのもあったが」

俺には冒険者の人達がげっそりしてるように見えるのだが大丈夫なのだろうか？　その次にはスウェット達のパーティーが到着し、続いて他のパーティーも順番に集まり始める。皆が集まりきった所でスウェット達のパーティーについていた冒険者の一人が進みでる。

「あれが俺達のパーティーリーダーだ。怒らせると怖いから気を付けろよ」

ランカさんが俺達に教えてくれる。そんなに怖い人なのだろうか？　金色の髪をなびかせたその女性は前に出ると一礼する。

「皆様初めまして。本日学校より皆様の護衛を依頼されましたパーティーである『運命の輪』のリーダーをさせていただいておりますデュアルと申します」

デュアルさんの自己紹介にパラパラと拍手の音が鳴る。

「本日は皆様に良い経験をしていただけます様に我々が全力でサポートさせていただきますので、頑張って多くの物を得て帰っていってください。また、何か危険な事態が発生した際の対応法は『運命の輪』のパーティーメンバーが理解しているはずなので、何かあった場合は彼らの指示に従うようにお願いします。では、解散とします」

デュアルさんの言葉が終わり次第、皆が次の行動に移る。

「んじゃあ、俺達も行くぞ！　こっからが本番だ！」

「「「「はい！」」」」

ランカさんの言葉に俺達は遂に二十一階層に踏み込んだ。


「テツ！　そっちは大丈夫か⁉」

「あぁ！　こちらは何とかなりそうだ。ノエルこそ一人で大丈夫か？」

俺達は二十一階層に入って早速オーガ三体に襲われていた。最初はテツをメインの盾として攻撃を凌いでもらっていたのだが、流石にD級三体の攻撃をひとりで防ぎ続けるのは厳しかったのか、かなり被弾が多くなっていたので、俺が一匹を引きつける事にしたのだ。俺は一対一でD級の敵を倒す事はまだ決定打が無いため不可能だが、押さえることは可能だということが、前回のボス戦でわかっている。少なくともテツ達四人が魔物を倒しきるまでは問題なく押さえることができる。ついでに俺は自分への身体強化《ブースト》を『支援の心得』の効果で、効果時間の隙間が無くなるように練習もしていた。しばらくするとテツ達が二体のオーガを倒しきってこちらへとやって来たので、防御をテツに任せて支援に徹することにする。

「はぁ、はぁ……」

何とかして初のオーガ達を倒した俺達だったが、思いの外大きく消耗してしまっていた。

「二十一階層で一回戦うだけでこれかよ……先が思いやられるぜ」

レッカの言葉に俺も同感だ。俺達は二十階層では楽々とは言えないまでも、そこまで苦労していた訳でも無いのだ。それなのにこの階層に来てからは一回の戦闘だけでここまで疲れてしまっている。今は護衛をしてくれるランカさんとマキさんがいるから良いが、もしランカさん達がおらず、追撃の魔物が来ていたら俺達は撤退するか最悪死んでいた何て事もあり得るだろう。

「いやいやいや、何いってんだお前らは！」

ランカさんの突っ込みにそちらを見る俺たち。

「普通はボコボコにやられて死ぬ前に俺達が救出に入るって予定だったんだぜ？　二十階層まで回路で飛べるって聞いた時にまさかと思ったが、お前らもう一年度生の実力に収まってねぇの理解してるか⁉」

そう言われた俺達はお互いに顔を見合わせる。しかし、流石にそんな自覚は無かったのか俺と目があった皆は首を横に振る。

「……私たちは至って普通。異常なのはノエルだけ」

あれ!?　そっちか!?　って皆もうんうん頷かないで!!

「確かに。ノエルが一人でオーガを押さえておいてくれなければ俺達はあのままオーガ達に押し潰されておっただろう」

アオイの言葉に腕を組んだテツがうんうんと頷きながら追従する。

「いや、普通に四人でオーガ二体を倒せている時点で一年度生としてはおかしいんだが……いや、確かにずば抜けておかしいのはお前なのは間違いないんだが」

挙げ句の果てにランカさんにまでおかしいと言われる始末。

「あっ、私もそれ気になりました。まず、ノエル君の職業は何なんですか？　オーガと戦っている間も身体強化《ブースト》以外の魔法を使っている感じはしませんでしたし」

ランカさんの後ろからマキさんが声をかけてくる。

「あっ、俺は白魔法師ですよ？」

「成る程」

「成る程な。それなら納得だわな」

二人して勝手に納得してしまうランカさんとマキさん。あれ？　ここ納得するところ!?　俺が困惑しているのに気づいたのかランカさんが説明してくれる。

「実は俺達のパーティー……っていうか仲間にも白魔法師がいるんだよ。冒険者資格は取ってねぇから冒険者パーティーには入っちゃいねえが、たまについてきては普通に肩を並べて戦うやつがな」

「そして何でそんなに強いのか、気になって聞いてみたら『白魔法師の魔力循環の特性は身体強化《ブースト》とリジェネですから』って答えてくれたんです」

「ん??」

それで何で俺が強い事に納得したのかがわからない。一応魔力循環の特性については座学で習った事がある。魔力循環をすると、各々の職業に応じた効果がつく。例えば赤魔法師なら『バースト』という攻撃の威力が追加される効果がつくし、緑魔法師なら『クイック』という体の動きが早くなる効果がつく。茶魔法師なら『ガード』という防御能力が上がる効果が、青魔法師なら『アーツ』という使用魔法の効果を強化する効果がつく。そして、俺が魔力循環をすることで身体強化《ブースト》とリジェネ（傷を負うと少しずつ回復する効果）がつくのは俺自身が理解している。しかし、それと俺の強さの関係が俺にはわからない。

「あー、学校では教えてもらわねえかも知れねえが、魔力循環で付与される能力ってのは、保有魔力が多ければ多いほど高くなる。だから元から保有魔力がアホみたいに多い白魔法師は、魔力循環をすることで身体能力がかなり底上げされることになるんだ」

そう言えば俺がオーガを押さえていた時はどちらも二重身体強化《デュアルブースト》を使っていたっけ？　それに、ただの白魔法師が身体能力的に戦えるはずのない……普通ならば一瞬で殺されるはずの相手である変異種のミノタウロスと同等に戦えたのも恐らくはそのお陰なのだろう。

「まっ、とりあえずお前が強い理由はわかったし……どうする？　まだ続けていくか？　本来なら一回戦って終わりのはずだったんだが、別に余力が有るならもう少し戦って行っても……」

「誰か！　誰か助けてください!!」

ランカさんの言葉の途中で叫び声が聞こえた。というよりもこの声は――。

「……フェルノ？」

「チイッ！」

「ランサー！　この合図は！」

アオイの言葉に俺が頷くと同時にランカさんとマキさんが顔を見合わせて頷く。さっきまでは冷静で物静かだった彼女がこんな悲鳴を上げるなんて普通じゃない。

「ランカさん！　様子を見に行ってきます！」

俺はランカさんに一声かけると走り出す。アオイも後ろからついてきているようだ。

「俺達も行くぞ！　この合図は相当ヤバイ！」

走りながらランカさんに聞いた話によると、生徒に助けを呼ばせるという合図は「自分達だけでは生徒の命を守りきれない」という状態で使うと決めていた合図なのだそうだ。つまり、急がないとフェルノ達が危ないということだ。

「見つけた！」

視線の先で、必死に矢を放っているフェルノを見つける。

「急ぐぞ！」

フェルノ達のいる広間になだれ込むと、そこには俺達が入ってきた入り口とは別の入り口二つを塞いでいる二匹の色違いの魔物。そして、魔力を使い果たしているのか変異種と戦った時のアオイの様な状態で片足をついているスウェットと、傷だらけになりながらも入り口を塞いでいる一体の魔物……初めて見るから恐らくだが、D級の魔物であるタウラス・ワールの攻撃を後ろに逸らさないようにしているブルーノ。そのブルーノに足を震わせながらも支援魔法をかけ続けるクムシがいた。フェルノはブルーノの後ろから爆発する矢を放ち続けている。そして、もう一つの入り口の方ではデュアルさんが一人でタウラス・ワールの色違いの魔物を押さえている。

「マキ！　変異種だ！　デュアルを援護しろ！　俺は……」

ランカさんの言葉が終わる前に俺は二重身体強化《デュアルブースト》をかけてタウラス・ワールへと駆ける。俺の手が触れればそれで終わりだ。しかし、俺の手が触れた瞬間に嫌な予感でもしたのか、タウラス・ワールが後ろに下がって攻撃を仕掛けてくる。俺は相手に触れる事だけしか考えていなかったのでそれを回避されて体勢を崩していた。

「ふんぬ！」

しかし、俺の後ろから走り出していたテツがタウラス・ワールの攻撃を盾で受け止める。

「ノエル！　一旦三人を連れて下がれ！　三人の応急処置が先だ！」

「わかった！」

先程の反応から恐らく過回復《オーバーヒール》はそう簡単に当たらないだろう。それなら先に負傷者を回復した方が良い。俺は負傷したブルーノ達の所へと向かうとオールエリアを使用して一気に治療を開始する。

「……助かった」

「まっ、魔力まで回復してるです⁉」

スウェット達を回復させながらも今戦闘をしているテツ達が大丈夫かどうかを確認していると後

ろから声がかかる。

「ノエル。こんなことを言うのは護衛として失格かも知れねぇが……そっちは任せても問題ねぇか？」

「大丈夫です」

後ろから聞こえたランカさんの声に俺は答える。

「わかった！　ならこっちは任せる！　流石に変異種ともなると二人じゃ厳しいだろうからな」

「よし！　回復完了だ！　ここで待っててくれ！　すぐに終わらせる！」

俺はスウェット達に有無を言わせる事なく走り出すと叫ぶ。

「皆！　下がって！」

俺の言葉を聞いたテツが、タウラス・ワールの攻撃を盾で大きく弾くと大きく後ろに下がる。俺はそんなテツ達を追い越してタウラス・ワールの目の前に到達すると、

「範囲指定。自身から半径一メートル。オールエリアと過回復《オーバーヒール》の合わせ技。全域破壊《エリア・デストラクション》！」

「ぐぉおおお⁉」

タウラス・ワールが肥大化していく自分の体を見て信じられないような呻き声を上げる。しかし、その間にも体の膨張は止まらず、数秒後に魔石を残して爆散する。俺は魔石を回収すると救援に向かったマキさんとランカさん達の方を見る。

「ランサー！」

「はいよ！」

そこではタウラス・ワールの変異種を相手に圧倒している三人の姿があった。マキさんはタウラス・ワールの変異種の攻撃を弾き飛ばすのでは無く、敢えて盾でずらしてやることでタウラス・ワールの体勢を崩し、その間に紐を使って盾を振り回して攻撃する。ランカさんはマキさんが作った隙以外でも攻撃し、一発一発がタウラス・ワールの変異種の体に大きな穴を開けている。

デュアルさんは二人に支援魔法をかけながらも二人に指示を出して、時には青魔法でタウラス・ワールの変異種の気を引いている。いざとなったら全域破壊《エリア・デストラクション》で倒すことも考えたがその必要も無さそうだ。俺のその予想は当たり、そう時間をかけること無く、タウラス・ワールの変異種は地面に倒れ伏したのだった。


「あら？　もう終わっていたのですか⁉」

タウラス・ワールの変異種を倒し終わり、急いでこちらの援護に向かおうとしたデュアルさん達だったが、俺達がデュアルさん達の方を見ていたことに気づいたようだ。驚きの顔を浮かべている。

「まぁ、オーガ三匹相手に勝てるのならタウラスワールに勝ててもおかしくは無いですが……あ」

「おい、マキ！」

「何ですって……？」

言った後で口を押さえるマキさんにゆっくりとデュアルさんが歩みよる。どうしたんだろう？

「ランサー、マキ、そこに正座です」

「ちょっ⁉　デュアル！　ここダンジョン内だぜ⁉」

「問題ありません。いるのでしょう？　カレン、ジャック」

「うん、いるよ」

「ホイホイ」

デュアルさんが声をかけると、先程まで誰もいなかったはずの空間から七人の人間が現れる。その中の一人はドットだった。

「見張りは任せますよ。私は今からこの二人に説教を始めます」

「はーい！」

「へイへイっと」

『カレン』『ジャック』とそれぞれ呼ばれた二人が三つの入り口を警戒できるような位置に立つ。それを確認したデュアルさんが正座の体勢で待機している二人に向き直りお説教を始めた。どうやらD-級の敵一体と戦うことが出来るようにするのも仕事の内だったのに三匹と同時に戦わせていたのが問題だったらしい。そう言えば忘れていたけど、実習内容もそんな感じだったような気がする。その事でお説教を受けている二人を見ながらドット達と合流する。

「どうだった？」

「やっぱりD級の魔物は強いな。あれでまだマイナスついてんだから信じられねえよ。結局倒しきれなくてジャックさんが細切れにしてたしな。半年前の段階であれ以上の化け物を倒しているお前らはすげえよ」

聞いた話によるとドット達のパーティーはD-級のコボルトソードマンと戦ったそうだ。最初は人数と連携、それに売りにしていた火力でコボルトソードマンを防戦のみに押さえていた。しかし、致命傷どころか大きなダメージを与えられないまま疲れが出てきてパーティーの一人が隙を突かれてソードマンの攻撃で傷を負い、離脱。その穴を突かれて次々と離脱していき、後に残っていたドットも攻撃を受けて倒れてしまうというときにいつの間にか間に入ってきたジャックさんによってコボルトソードマンは細切れにされていたそうだ。

「正直勝てる気がしなかったぜ。お前らはどうだったんだ？」

ドットに聞かれたので正直に答える。ついでに、あそこで二人が怒られている理由も添えて。

「はぁ？　俺達が戦ったコボルトソードマンよりも少し格上のオーガと戦った⁉　それも三体も同時に？　しかもちゃんと倒したとか……何て言うか、お前らをパーティーメンバーに組み込もうとしていた自分が恥ずかしいぜ」

頭を掻くドットを俺達は苦笑いして見ることしか出来なかった。

しばらくしてこってりと絞られたランカさんとマキさんが戻ってくる。隣にはスウェット達と行動していたデュアルさんが一緒に来ていた。ランカさんとマキさんが怒られていた姿を見ていたため、何も悪いことをしていないはずなのに自然と背筋を伸ばしてしまった。

「申し訳ありませんでした」

なのでいきなりそのデュアルさんが俺達に向かって頭を下げた意味が解らずに固まってしまった。

「護衛をしている身でありながら護衛対象を必要以上の危険にさらしてしまいました。もしかしたらあなた方の誰か、最悪全員が死んでしまう可能性もあったのです。これはとても許される事ではありませんが……謝罪させていただきます」

俺達は頭を下げ続けるデュアルさんを見てどうするかと顔を見合わせる。テツがパーティーを代表して前に進み出る。

「確かに今回の事は許されない事かも知れませんが、幸いにも俺達は生きてます。それに、ランカさんとマキさんがいたからこそ俺達は安心して戦うことが出来たんです。俺達は誰もそんなこと気にしていませんよ」

「感謝します」

テツの言葉にホッとした様子を見せるデュアルさん。

「お詫びとしてはなんですが、今日はこの二人を自由に使っていただいて結構です。本来ならばもう戻る事になるのですが、聞いた話では皆さんのパーティーはこの階層でも普通に戦えているとの事でしたので、二人を護衛にこの階層で魔物を狩ったり、戦い方を教えてもらうのも良いでしょう。学校の先生方には私から話しておきます」

「ありがとうございます」

「いえ、もとはと言えばこちらが原因なのです。この程度の事で償いになるのでしたら幾らでもさせて頂きますよ。良いですね？　二人とも」

デュアルさんの言葉に頷くランカさんとマキさん。

「それでは後は頼みましたよ」

と言い残してデュアルさん達は俺達以外の生徒を連れて戻っていった。帰りは回路を使ってダンジョンの入り口まで戻れるので、帰りはそこまで気にしなくても良いそうだ。

「テツさん！　相手の動きをよく見てください。複数の相手がいるときはより連携が重要になってきます。味方の攻撃で気をそらしそうな魔物がいたらすぐに攻撃して攻撃を気を引けるようにしてください。また、後衛も可能な限り同時に別々の魔物に攻撃しないようにしてください」

「はい！」

マキさんの声にテツが頷き、今正にこちらへと注意を向けようとしていた魔物に攻撃を加える。

「がっ！」

テツの攻撃を受けた魔物が再びテツに注意を戻す。

「その調子です。特に、意識を他に移そうとしていた時の魔物は軽い攻撃でも簡単に気を引くことができます。後衛との連携が完璧で、ダンジョンの様に横幅が狭く、一緒に襲いかかってこられる数が少ない場所なら、理論上茶魔法師一人で敵を抑え続けることができます……勿論魔力の量や体の疲れ等を考慮すればいずれは限界が訪れますが」

「後衛も後衛で気を付ける所は幾らでもある。さっきマキが言ってた様に一気に色んな魔物の気を引かないように気を付けるってのも重要だし、レッカとアオイはテツを避けながら敵を攻撃しなきゃいけねぇし、ニナは武器が短剣だからな。テツの動きをよく見て邪魔にならねぇように攻撃していくんだ」

「「はい（にゃ）！」」

ランカさんの言葉に、アオイ達が叫んで攻撃を加えていく。

「ノエルは白魔法師って事で詳しい立ち回りは教えてやれねえが、全体を見て、支援が必要な所に支援をしてやるんだ。いざと言うときはさっきみたいに一匹引っ張ってやるだけでも茶魔法師の負担は大きく減る」

「はい！」

俺は時にはオールエリアを使用してパーティーメンバーを回復したり、魔力を分け与えて行く。

「凄いな……さっきまでとは全然違う」

先程と同じ様にオーガ三匹の相手をしていたのだが、少しアドバイスを貰って実践しただけでかなり楽に倒すことができた。それに、先程の戦闘のようにテツから一匹引かなくてもテツがオーガ三匹を抑えきったというのは大きな違いだろう。

「これならまだまだ何とかなりそうだな」

テツの言葉に俺達は頷いて、その日は一日中ランカさんとマキさんの指導の元、二十一階層で戦い続けたのだった。

「それでは次回から郊外についての授業に入ります。と言うのも、そろそろ校外学習が始まって来るからです。あっ、勿論テストで一定の点数を取らなければ校外学習に参加出来ませんのでお気をつけ下さい。それと、今回でダンジョンについての授業が終了となりますので、次回に纏《まと》めのテストを行いますので、復習をきちんとしておいてくださいね。また、この校外学習が始まってから一度、特別なダンジョン実習を行います。こちらのダンジョン実習は十階層で行われ、移動も回路で行われるため、まだ十階層まで一度も到達した事の無いパーティーはそれまでに到達しておいて下さい」

俺達が二十一階層に挑み始めてしばらくした頃レスト先生から、この様なお知らせがあった。

「……ノエル」

「放課後俺の部屋な」

「すまない……」

テツの言うことがわかった俺はテツに集合場所を教えておく。

「……ノエル。私も手伝う」

意外なことにアオイも手伝ってくれるようだ。アオイ自身の勉強は……俺よりも高い点数を取っているアオイだ。いらない心配というものだろう。その日の放課後は、予定していたダンジョン攻略を中止してテツの勉強につぎ込んだ。

「……想像以上に酷い」

「これでも前回のテストよりはマシな方なんだよ」

俺の言葉に、可哀想なものを見るような目をアオイに向けられてしまった。その甲斐もあって、今回のテストではテツも何とか平均点より少し下の点数を取ることが出来た。

「……これから座学があった日はダンジョンから帰ってきたらノエルの部屋に集合。復習の時間に当てる」

　その結果を確認したアオイによって勉強が苦手なテツが青ざめたのは言うまでも無いことだ。レスト先生の言葉通りに、テストが終わった次の日から座学の授業内容は郊外についての物に変わっていった。

「皆さんはこれから郊外について学んで頂きます。まずは郊外とは何なのかと言うことを説明しましょう。郊外とは、簡単に言えばダンジョン以外の魔物が発生しうる空間の事をいいます。ダンジョンと同じ様に、どの様な理由で魔物が発生しているのかはまだわかっていません。また、既に冒険者ギルドで依頼を受けたことのある方は知っているかもしれませんが、郊外とダンジョンとではかなり違いがあります。まずは、魔石を取り出すか、魔石を破壊しても魔物の肉体が消滅することがありません。ダンジョンでは魔石を取り出すか、魔物の体内にある魔石を破壊すれば魔物の体は塵に帰っていきますが、郊外では魔物の体は塵《ちり》に帰る事は無く、その場に残り続けます。勿論死骸を残せば病気の元にもなりますし、魔物を集結させる理由にもなりますので、魔物の死骸の処理はきちんと行わなくてはなりません。次に、郊外では現れる魔物の強さが一定ではありません。例えばダンジョンなら一階層から十階層まではF級の魔物、十一階層から二十階層にはE級の魔物と決まっていますが、郊外ではE級のオークとF級のコボルトが一緒にいたりもしますし、極端な話をすれば、つい昨日まで、F-級のスライムしか出現しなかった場所に、今日にはS級のドラゴンが出現したりする可能性まであります。なので、郊外での活動はダンジョンに比べて突発的な危険が多いです。他にもダンジョンと違うところは多々ありますが、基本的な所ではこんなものでしょう。

校外学習では皆さんに郊外で活動する際に必要な技能をお教えしていきます。何か質問はありますか？」

ここで手を上げるのは基本的に彼の役割なのだが、彼も特に疑問点等は無かったのか、手を上げる事は無かった。

そこからしばらく座学のあった日は、ダンジョンから帰った後にテツとアオイと俺の三人で勉強会をする時間を取った。そこで毎回毎回アオイに凍《い》てつくような視線を向けられるテツの事を少し可哀想に思うが、今日授業で習った内容や、昨日習って復習した筈の内容まで答えられないテツが悪いと俺はテツを庇うことはしなかった。断じてアオイが怖かったからでは無い。無いったら無いのだ。ダンジョンの方はランカさん達に教えてもらったことを生かして、二十一階層でなんとか戦い続けることができていた。あまり奥に行き過ぎると、敵に囲まれてしまったり、ヤバい敵に見つかったときに逃げ切れないなんて事が起こってしまう可能性があったので、あまり探索も出来ず二十二階層への階段もまだ見つけることはできていなかった。今の俺達のパーティーでも、オーガなら五体、タウラス・ワールならば三体以上は同時に相手取れない。なので、そんな相手を見つけた場合、もしくはそんな相手に見つかった場合は全力で二十階層に逃げ帰っていた。魔物は何故か変異種と、ダンジョンの氾濫の時を除いて、自分の行動している階層から移動することは無いので、それで逃げ切れるのだ。また、普段いる筈の無い魔物がその階層に現れた場合や、変異種以外の魔物が階層を移動してまで追いかけて来た場合はダンジョンの氾濫の前触れの可能性が高いため、もし万が一そういった兆候が見られた場合は報告することが義務づけられている。そうこうしている内に郊外のテストの日が訪れ、俺達はパーティー揃ってテストに挑んだ。内容はそこまで難しくも無く、真面目に授業に取り組んでいれば解ける内容ばかりだった。……そのはずだったのだが、何とテツが再試験判定を受ける。

「テツ……一旦死んでみる？」

そう言った時のアオイの目が真剣だった。

「今回はノエルは手を出さなくてもいい」

そう言ったアオイの迫力に頷かざるを得なかった俺は、テツが目の前で泣きそうになりながらも必死で勉強している姿を見ていることしか出来なかった。泣き……そうになりながらも勉強したかいがあり、翌日にはテツも試験を突破。何とかアオイに処刑されずに済んだようだ。

そして遂に始まった校外学習だが、最初の内容は魔物の死体の処理方法だった。依頼の時に一度体験しているということもあり、簡単な事だと思われたが自分達で倒したオークを解体して持っていくと、思いの外評価は低いものだった。理由を聞くと、解体の方法が色々とまずかったようだ。無駄に血を流しすぎていて、他の魔物を呼び寄せる可能性を指摘されたのと、もし冒険者ギルドに納品した場合こんな状態では買い叩かれてしまうらしい。俺達は正式な解体方法を教えて貰ってもう一度挑戦する。何度か失敗したが、成功したものを持っていくと今度こそ高得点をもらえた。やはり、ダンジョンで魔物から魔石を取り出すための解体方法とはかなり勝手が違うようだ。

それからしばらくして、レスト先生から特別なダンジョン実習の内容が話される。

「皆さんにはダンジョンの中での野営を経験して頂き、その経験を踏まえて後日郊外での野営を経験して頂きます。勿論護衛の冒険者も一つのパーティーにつき一人つきますので、彼らと協力しながら野営を行って下さい」

というものだった。

「野営をするのも久しぶりだな」

野営をしたことなど『深夜の狼』のみんなと一緒にアルンへと向かった時以来だ。まぁ、その時の事は殆ど覚えてはいないのだけど。念のために野営に必要な物をアオイと一緒に本で調べておく。野営をする時には基本的にあまり嵩張《かさば》らない物を使う方が良いようだ。と言うのも、あまりに嵩張るものを持っていくと、急に魔物に襲われたときに荷物の殆どを捨てていかなくてはならなくなるからだ。嵩張らない物ならば、そのまま持っていくことも出来る。勿論嵩張らない物を持っていったからといって絶対に持って帰ってこれるという訳では無いので可能な限り安いものを用意すると言うのも一つの正解ではあるのだろうが。今回は学校の備品貸し出しがあるそうなのでそこまで考える必要は無い。後は寝ずの番なども考えていかなくてはいけないだろう。学校側から借りられるのは毛布など必要低限野営に必要な物だけだ。ならば、寝ずの番の時間を知るための砂時計等を用意するのもよいかも知れない。

こうして色々と考えている内にダンジョン実習の日がやってくる。

「よっ！　また一緒になったな。よろしく頼むぜ」

俺達と一緒に野営をしてくれる事になったのは以前お世話になったランカさんだ。時刻は野営のための実習ということもあり、もう夜更けだ。

「今日の不寝番《ねずのばん》だがもう決まってるか？」

ランカさんの言葉に頷く。今回の不寝番は、まずはテツとランカさんだ。冒険者の助っ人の方に負担をかけすぎるのもおかしいと思ったので一番負担が少なさそうな最初にした。最初は俺が冒険者の人と組もうとしたのだが、テツが、

「ノエルはキツケが使えるからな。一番皆を起こしにくい真ん中の時間帯を受け持ってもらいたい。パートナーは……まぁ、消去法でアオイだな」

とテツに言われたので、真ん中に俺とアオイだ。最後にニナとレッカが見張りを担当してくれる。ちなみにそれぞれの組で前衛後衛が別れるように（テツの所だけ誰が来るのかわからなかったので考慮できなかったが）組んでいる。ニナとレッカは別れたがらないので、基本的にペアで扱っている。組分けの理由を聞いたランカさんからも、

「ああ、そんなもんじゃないか？　俺でもそうすると思うぜ」

とお墨付きをもらったので大丈夫だろう。


「ノエル。交代だ」

野営に入ってしばらくして俺はランカさんに起こされた。俺が目を覚ました事を確認するとさっ

きまで俺が毛布にくるまっていた場所で自分の毛布にくるまり、あっという間に眠りにつく。俺は隣で寝ていたアオイの肩を揺すって起こそうとする。一瞬上下している微かな膨らみに目がいってしまったが、頭を振って煩悩《ぼんのう》を振り払うとアオイを起こす作業を再開する。しかし、アオイは寝起きが悪いのかなかなか起きない。仕方がないのでアオイの肩から魔力を弱めに流し込んで、

「キツケ」

と唱えた。

「――っ⁉」

ビクンッとアオイの体が跳ねると、アオイが荒い息をしながら目をあける。

「ハア、ハア、何……今の？」

俺は肩を揺すってもアオイが起きなかったのでキツケを使ったことを説明する。

「……ノエルが悪いんじゃなくて、起きなかった私が悪かったのは理解した。でも……」

その後何か言おうとしたのか一瞬口が動きかけたが、やはりやめたのか首をブンブン振って俺と背中合わせに座る。

「ねえ、ノエル」

「うん？」

いきなりアオイが話しかけてくる。

「ノエルはなんで白魔法師にしたの？」

そういえば今まで皆に話したこと無かったかもしれない。

「俺には適性が白魔法師しかなかったからな。白魔法師にせざるを得なかったんだ」

「じゃあ……今から過去に戻れて他の選択肢を選べるとしてノエルは白魔法師以外になる？」

アオイの言葉に俺は考え込むが、すぐに答えは出た。

「あの時の俺なら確かに白魔法師にしかなれなくて残念だと思っていたから、今の質問に全力で頷くだろうけど、今の俺は白魔法師でも強くなれる事を知っているし、白魔法師だったからこそミノタウロスの変異種に襲われた時に皆を助けられたんだ。だから俺は過去に戻れて他に適性があったとしてもきっと白魔法師を選ぶよ」

「そう、白魔法師になったことに後悔は無い？」

アオイの言葉に俺は頷くことで答えた後、自分達が背中合わせで座っていることを思い出して肯定の返事をアオイに返す。

「私は……私は自分の属性が嫌い」

アオイの言葉に俺は思わず振り返ってしまった。アオイはこちらを振り向かないため、その表情がどんなものかはわからない。しかし、どことなく昔自分が感じていた物に近い物をアオイから感じた。

「ううん。私はどんな属性でも多分嫌いになっていたと思う……私は私が嫌い」

どうしていきなりこんなことを言い出したのかは解らないが、俺は再びアオイと背中合わせになって話を聞く。

「私はいつも期待に添えない。ミノタウロスの変異種の時も私がもっと強ければ倒せていたし、今パーティー内で一番弱いのは私」

「ミノタウロスの変異種の時の強さは関係ないよ。あれは俺が過回復《オーバーヒール》を使えたから倒せただけで、他の同年度の誰があの場面に立ったって全滅している」

「でも！　兄さんや姉さんならもっとうまく!!　ウィンでも……！」

「アオイはアオイだ。それじゃあダメなのか？」

俺の言葉にアオイの言葉が止まる。

「俺はアオイの過去の事はよく知らないし、アオイが話そうと思わないなら聞かない。でもあの時白魔法師だからって誰ともパーティーを組めなかった俺とパーティーを組んでくれたのも、パーティーを離れるつもりは無いと宣言してくれたのも全部アオイだ。アオイのお兄さんでもお姉さんでも、さっきの……ウィンって人でもない」

「そっ、そんな些細なこと」

「でも、俺にとっては大事なことで何よりも嬉しかったことだ。さっきの話じゃ無いけど、俺がもし過去に戻れたとして、アオイかそれ以外の誰かを選べって言われたら俺は間違いなくアオイを選ぶよ」

「……」

俺の言葉に黙ってしまうアオイ。言葉を間違えてしまったのだろうか？　俺がそう考え始めた時、再びアオイが話し出す。

「ノエル……今の話本当？」

「勿論」

アオイの言葉に即答する。少なくとも今の話は俺の本心だから問題無いだろう。

「……ありがと」

アオイはそう言うと背中を俺に預けて見張りを続けるのだった。

そこから見張りが終わるまで俺とアオイは一言も話すことは無かったが、俺は何となくアオイはもう大丈夫だと感じたのだった。


野営のダンジョン実習を無事に終えた俺達を待っていたのは新たなる実習だった。今度は郊外の野営だ。前回と同じく必要低限の物は貸し出してくれるそうなので、自分で必要だと思うものを持っていけばいいというわけだ。

「ただし、ダンジョン実習とは難易度が変わってきます。これもダンジョンと郊外の違いの一つになるのですが、ダンジョンでは時間による魔物の強さに変わりはありませんが、郊外の魔物は夜になると凶暴化し、強くなります。なので注意してください。野営には冒険者がよく使う野営ポイントが幾つかあるので、そちらを有効活用してもよし、自分達で工夫して野営するも良しです。皆さん頑張ってください」

ちなみに先生は口に出してはいなかったが、今回は帰り道も実習だ。何が言いたいのかと言うと、ダンジョンでの野営で感じたことなのだが、寮の布団で寝るのと野営では次の日の体の調子が全然違うのだ。体感的には野営の次の日はきちんと寮で眠った時と比べて八割いくかいかないくらいの実力しか出せない。しかも、一日でこれなのだ。『深夜の狼』の皆のように長期間ダンジョンにこもる事など、考えるだけで嫌になってくる。話は逸れたが、そんな体調の中で森から脱出しなければならない。それも恐らく課題の一部なのだろう。しかも今回は冒険者の助っ人はいない。その代わりに森の中では他の冒険者達も野営しているので、いざという時は助けを求めても構わないそうだ。だとすると、流石に一人で見張りをするのはまずいので二人と三人に別れるのだが、ここでニナが意外な一言を発した。

「テツはニナとレッカと一緒の組に入るにゃ！　いざという時盾役がバラけてた方が都合がいいにゃ！」

と強引に押し切ってしまった。ちなみにだが、レッカも戸惑っていたのでこれは恐らくニナの単独犯だろう。その後でアオイに向かってウィンクを一つしていたからアオイが何か関係あるのだろうか？　問いただしてみたかったが、アオイの顔が真っ赤で煙を出しそうな感じだったので聞くのは躊躇われてしまった。

こうして校外での野営実習が始まったのだが、何だかニナが生き生きしている。

「ここで野営するにゃ！」

あっという間に野営のためのポイントを決めてしまい、テントを立てる場所を指定する。テントは貸し出しの用具の中には無かったのだが、これまたニナが――、

「どうしても必要なのにゃ！」

と強弁《きょうべん》するので、レスト先生に頼んでなんとか貸してもらえた。周囲の見回りをしてすぐ近くに

危険な魔物の巣があったり、魔物の気配が無いか確認して、残って料理の準備をする組と食料を調達する組に別れた。食料を調達する組は森に慣れているレッカとニナ、それから盾役としてテツだ。

「それじゃあ行ってくるにゃ！　二時間は戻らないからゆっくりと準備するといいにゃ！」

出発時の言葉でやたらと二時間を強調していた意味は特に解らないが、それくらいになるように準備すれば良いということなのだろう。

「……ノエル」

「どうしたんだ？　アオイ？」

料理をするために薪《まき》と石で即席の竈を作っている途中でアオイが声をかけてくる。アオイはテツが魔法で作った土鍋に水を満たしていたはずだけど……。アオイの方を見ると、アオイが無言でモジモジしていた。

「……やっ、やっぱりなんでもない!!」

しかし、しばらくモジモジした後そう言って背中を向けてしまう。よく解らないがどうしたのだろう？　よく考えてみれば、今日はここに来る道中もアオイはこちらをチラチラと見ていた気がする。まぁ、気のせいという可能性もあるが……。しばらくしてテツ達が戻ってきて本格的に料理を始める。手早く料理を終わらせて俺とアオイが先に食べ始める。料理を食べている間に魔物に襲われたらひとたまりもないから残りの三人はその間の見張りだ。俺とアオイは料理を食べ終わると二人でテントに入る。ニナ、レッカ、テツは交代で見張りながら食事を取っていく予定だ。早く休まないと見張りもあるのだ。俺はあっという間に意識を落とした。気のせいか、誰かが俺を呼んでいた気がするが。

「ノエル。交代だ」

テツに起こされて目を開ける。アオイの寝ていたはずの場所に目を向けるが、アオイはいなかった。恐らくまたキツケをくらうのはごめんだとニナに起こされて早々起きたのだろう。

しかし、昨日寝たときに比べてからだが軽い。何故だろうか？　まぁ、その日の体調にもよるのだろう。俺も外に出るとアオイとニナが何か話していた。ここでは話の内容は聞こえなかったが、ニナが出てきた俺に気づくと、アオイの肩を叩いてテントの中へと戻っていった。

「ノエル、見回りから」

アオイの言葉に頷いてアオイと一緒に森の中に入っていく。

「それにしても、ニナはよくこんな場所を見つけれたなぁ」

俺は見回りをしながら一人呟いた。魔物の巣が近くにあるわけでも無いし、特別見つけにくいかと聞かれても、そういった感じでは無かった。かと言って特に不便かと聞かれてもそうでもないのだ。そんな場所なのに他の冒険者が誰も利用していなかったと言うのが驚きだった。まぁ、多数の冒険者が使えるほど広いわけでは無かったからありがたかった訳だが――。

「どうかした？」

「――っ！　なっ、何でもない」

考え事をしていると、隣で歩いているアオイがチラチラとこちらを見てくるので何かあったのかと聞いてみたが特に何も無かったようだ。しかし、その後もアオイはチラチラとこちらを見ることを止めなかった。気にはなるが、特に問題があるわけでもないので放置する。

「アオイ？」

しばらく見回っていると、いきなり隣にいたアオイに腕を引かれて立ち止まる。

「ノエル……『がぁぁぁぁあ！』き」

アオイの言葉の途中で魔物の咆哮が聞こえ、Ｅ級の魔物であるファザーズ・ベアが襲いかかってくる。なるほど、アオイは魔物に気づかれないようにこの魔物の存在を教えてくれようとしていたのか……残念ながら気づかれていたようだが、アオイのお陰で一瞬早く警戒に入れたのは大きい。

「ありがとう！　アオイ。さっさと始末するよ」

そう言って過回復《オーバーヒール》で魔物を倒そうとしたのだが、それより先に後ろから飛んできた青魔法によって蜂《はち》の巣にされるファザーズ・ベア。空中に飛び散るはずの血は全てアオイが青魔法で回収し、死体は肉の塊に分けてくれた。その時のアオイの顔がいつも以上に無表情で怖かった。それ以外に魔物に襲われることは無かったのだが……何故か魔物に襲われてからアオイが顔を真っ赤にしてしまって一言も話さなくなってしまった。どうしたのだろうか？

その後、皆が起きてきて、学校に帰るまでそこまで多い方では無いアオイの口数が、更に減ることになるのだった。

◆

「さぁ、いよいよ始まりますか」

自分のクラスの生徒達が校外学習を行っているころ、私は職員室にある自分の机の上に置かれている資料を見て笑みを浮かべていた。そこには『学年別対抗戦のお知らせ』と書かれた紙が置かれていた。

特別編　野営実習裏話

SHIROMAHŌ-SHI WA
SHIENSYOKU DEWA
ARIMASEN

「私……どうしたんだろう？」

その口から出てくる言葉は静かだが、内心は感情が暴れ狂っているのを自分でも感じている。原因は明白だ。何せ、あの時を境にこの状態は始まっているのだから。

『アオイはアオイだ。それじゃあダメなのか？』

『でも、俺にとっては大事なことで何よりも嬉しかったことだ。さっきの話じゃ無いけど、俺がもし過去に戻れたとして、アオイかそれ以外の誰かを選べって言われたら俺は間違いなくアオイを選ぶよ』

急に訪れた兄妹やノエル達への劣等感に苛《さいな》まれていた私に対して言ってくれたノエルのこの言葉を聞いた時から私はノエルの事を考えると動悸が激しくなって胸が……何だろう？　温かくなってくるのだ。その癖ノエルを前にすると、何故か無性に気恥ずかしくて……その癖もっと一緒にいたいと思ってしまう。この感情が何なのか今まで経験したことの無い私にはわからなかった。誰かわかりそうな人……ノエル。いや、駄目だ！　何故かは解らないけどノエルにだけは相談してはいけない気がする。

となると……フェルノ？　図書室でよく見かけるので声をかけたら意外と仲良くなれた娘だ。好きな本なども被っているものが多く、お互いにおすすめの本を教え合ったりしている。フェルノのお勧めしてくれる本は上手に纏められているものが多くて私もありがたく使わせてもらっている。いつも通り図書室にいたので声をかけて少し廊下に出てもらい、私のこの症状を話す。話を聞いたフェルノは、一発で言い当てて見せた。

「うーん……端的に言いますと……それはアオイがノエルさんに恋をしているんですね」

「……恋？」

「はい、本来ならばもっと検証するのですが……疑いようもなく恋に落ちている状態でしょう」

恋……つまり、自分はノエルを異性として意識しているということだろうか？　うん、おそらく間違いは無いだろう。誰からも必要とされていないと思っていた私だったが、ノエルからは必要とされているのかもしれないと考えると無性に嬉しくなっているから。私は自分でも意外に思うほどスッキリと自分がノエルの事を好きだと認めてしまった。

「ありがと、フェルノ」

「いえいえ、御武運を」

恋に武運が関係あるのか少し聞いてみたくなったが、教えてくれた相手にそんなことをするのは違うと思ったので何も言わずにフェルノと別れる。


「ニナ、私ノエルの事好き」

「ようやく自覚したのかにゃ？」

好きと自覚した今どう行動したら良いのか解らずに、取り敢えずレッカと付き合っているニナの所に来てみたのだが、驚くことにニナは私がノエルの事を好きだということを知っていたらしい。エスパーなのだろうか？　しかし、理解が早いのは良いことだ。話を円滑に進めやすい。

「ノエルともっと仲良くなりたい。どうしたらいい？」

私の言葉に目を光らせるニナ。どうやら私の言いたいことが伝わったようだ。

「そう言えばもうすぐ野外実習があるって言ってたにゃ」

成る程、そこでノエルに告白だろうか？……しかし、私にできるだろうか？

「そこでノエルを押し倒しちゃうにゃ！」

どういう意味だろうか？　押し倒す？　嫌がらせだろうか？　押してダメなら引いてみろと言うやつだろうか？　私が意味を理解していないことを察したのかニナが耳元でどうすれば良いのかを囁く。途端に顔が赤くなってしまったのを感じる。告白すら出来るかどうかだったのに……いきなりそれ以上の事など出来るわけが!?

「……無理」

「大丈夫にゃ、と言うよりもノエルみたいな鈍感な奴はそれ位しないと意識してくれないにゃ！レッカもそうだったにゃ！」

そうして自分がどうやってレッカと付き合うことになったのかを語り出すニナ。ダメだ、このエロ猫。早くなんとかしないと。こんなことを考えたのは生まれて初めての事だった。


そして、野外活動当日になったのだが、ニナは本当に色々と準備をしてきた様だ。テツを見回りで自分の班に入れると聞いたときはどういう意図か解らなかったが、その後のウィンクで意図を察した。もっともな理由をつけて、私とノエルを二人きりにしようとしているのだ。更に、荷物の中にテントがある。これもおそらくはニナが用意したものだろう。間違いない。見回りの時にも私の所に来て、

「後で二人きりにするからそこで作戦決行にゃ！」なんていってくる始末だ。その作戦実行者《わたし》の承認を忘れていませんか？　そして、料理の準備をする際も、

「それじゃあ行ってくるにゃ！　二時間は戻らないからゆっくりと準備するといいにゃ！」

やたらと二時間の部分とゆっくりの部分を強調していく。夕方近いとは言え真っ昼間からノエルを押し倒せって事!?　絶対無理!!

そう思っていたはずなのだが、落ち着いて考えてみると案外ありなのかもしれない。周りはさっき確認して魔物や脅威が無いことは確認済み。どうせニナがそれなりに引き離してくれているから人目は無し。要するに絶好のタイミングなのだ。

「……ノエル」

「どうしたんだ？　アオイ」

ノエルがこちらを振り向く。

ここで押し倒すここで押し倒すここで押し倒すここで押し倒す――。

ダメだ。やっぱりできない。と言うよりも何を考えているのだろうか？　誰も見ていないなんて保証は無いのだ。私はバカなのだろうか？

しばらくして帰ってきたニナに、

「何をしてるのにゃ？」

と呆れられたが私は別に押し倒すなんて一言も言ってない。と言うよりも無理。

取り敢えず食事を済ませてテントの中に入る。ノエルはパパッと毛布を自分の体にかけると寝息

を立てて寝てしまった。私も寝ようかな？　どうせ見張りのために起こされてしまうし……そこまで考えて隣に眠るノエルの顔を見る。その瞬間に私は思い出してしまった。……今、このテントの中にいるのは私とノエルだけ。そして、外から中を見ることは出来ない。成る程、ニナはこの状況を作りたかったのか……とはいえノエルはもう寝てしまってるし……今度は上からノエルの顔を覗き込む。

「……穏やかな寝顔」

これがいざ戦闘となったら手にした魔導書で敵を殴り殺す人間と同一人物だとはとても信じられない。気がついたら私はノエルの顔をずっと見ていた。

そう言えばフェルノがおすすめしてくれた本の中に一冊恋愛系のお話があったっけ？　あの頃の私は、人の顔を覗きこむのはそんなに楽しいものなのだろうか？　と疑問に感じてあまり面白いとは思えなかったが、同じ状況になった今の私にはこれがいかに幸せなことかが理解できた。

「……あの物語ではどうしてたっけ？」

確か膝の上に頭を乗せて髪を梳《す》いていた気がする。

「……ノエル。起きてる？」

一応聞いてみたが予想通り返事は無い。私はノエルを起こさないようにそっと頭を持ち上げて自分の膝の上に置く。当たり前の事だがノエルの顔がより見やすくなった。髪も梳いてみる。

「……ふふっ」

たったこれだけの事で幸せを感じられる自分がおかしくなって笑ってしまう。私はニナが交代を

告げに来る時間までずっとこうしていたのだった。

「バカなのにゃ⁉　何であの状態で襲わないのにゃ？」

「……至福の時間だった。ニナも試してみるといい」

私の言葉にため息をつくニナ。

「はぁ、まぁアオイがそれでいいならいいにゃ。今日は何故かそんなに言うほど魔物は居なかった様だし、この辺にいた魔物はあらかた処理してきたから森の中で押し倒して来るにゃ」

このエロ猫はどうしても私にノエルを押し倒させたいのか。しかし、そこでノエルがテントから出てくる。

「さぁ、ばちっと決めて来るにゃ！」

ニナに発破をかけられたからではないが、押し倒すのは兎も角として告白くらいは済ませておいても良いのかもしれない。

目を覚ましたノエルと一緒に森の中を見回る。しかし、見回りしている中もさっきまで触っていたノエルの髪の感触やノエルの寝顔等が頭にフラッシュバックしてきてノエルの顔や髪の毛をチラチラと見てしまう。それが気になったのか、ノエルが、聞いてきた。

「どうかした？」

いきなり声をかけられたことで驚いた私は一瞬答えにつまったが咄嗟に、答えた。

「――っ！　なっ、何でもない」

多少不審に思ったかもしれないが、大丈夫だろう。そうだ。このタイミングで告白をしてしまえば……そう考えた私は立ち止まってノエルの左袖を引く。

「アオイ？」

ノエルが気づいて立ち止まってくれた。今がチャンスだ。私は勇気を振り絞ってノエルに自分の想いを伝える。

「ノエル……『がぁぁぁぁあ！』き」

ノエルに好きと伝えたのだが、途中で魔物の咆哮に遮られてしまった。いや、もしかしたら魔物の咆哮を越えてノエルの耳に届いているかも……一縷《いちる》の望みをかけてノエルの顔を見るが……。

「ありがとう！　アオイ。さっさと始末するよ」

はい、聞こえていませんね。知ってた。私はいい雰囲気（だと自分では思っていた）を邪魔した魔物《ファザーズ・ベア》に狙いを定めて無数のウォーターバレットを放つ。あっという間に倒れ伏したファザーズ・ベアを始末して戻るのだった。

何やってるの⁉　私。なんであんな場面のあんなタイミングで告白しようとしてたの？　バカなの⁉　結局見張り中はそんな言葉が頭の中で渦巻いていて、ノエルと一言も話せなかった。次の日になって、寮に帰ってから結果を聞いてきたニナに、

「アオイはヘタレだにゃあ」

と呆れられたのだった。

あとがき

皆様初めまして。マグムと申します。今回は私の初めての書籍である『白魔法師は支援職ではありません～支援もできて本で殴《ぶつり》る攻撃職です～』を手にとってくださりありがとうございます。

この物語は『小説家になろう』様にて『最強の職業は白魔法師でした～誰もが選ばない職業から最強へ～』というタイトルで始めさせていただいたもので「自分の書きたいものを書こう」という思いから書き始めました。

そんなふわふわした思いから書き始めたのでＷｅｂ版では、本来詳しく書くべき所をはしょってしまい、感想で「学園編をもう少し長くするべきではなかったか」等の様々な意見を頂き、どうしたものかと悩んでいた所に書籍化の話を頂いたので
「そうだ、この機会に書いてしまおう」

と考え、こちらの書籍版を書かせて頂きました。

そのため、この著作は内容の殆どが書き下ろしとなっており、Ｗｅｂ版を読んでくださっている皆様も、勿論まだ読まれていない方も楽しんで頂けると考えております。

また、今回が初の著作となるため至らぬ点も多いかと存じますが、あまり突っ込みを入れずに楽しんで読んでいただけるとありがたいです。

また、こちらの作品を読んで面白いと感じましたら、次巻も手にとって頂けると幸いでございます。

お相手は
ヴィルフリート兄様!
ローゼマイン、
電撃婚約!?
ストのための婚約!?
恋は芽生えるのか!?
優先順位を
間違うな
—出版物の独占から、祈念式と大忙し!

図書室をもらえるなら……
本好きの下剋上
司書になるためには手段を選んでいられません
第四部 貴族院の自称図書委員Ⅳ
2018年9月10日発売予定!
エーレンフェこの二人に
魔術具のインク!
恋とは…?
香月美夜
miya kazuki
イラスト:椎名 優
you shiina
実際は——

白魔法師は支援職ではありません
※支援もできて、本《ぶつり》で殴る攻撃職です

2018年9月1日　第1刷発行

著　者　マグム

編集協力　株式会社MARCOT

発行者　本田武市

発行所　TOブックス
〒150-0045
東京都渋谷区神泉町18-8　松濤ハイツ2F
TEL 03-6452-5766(編集)
0120-933-772(営業フリーダイヤル)
FAX 050-3156-0508
ホームページ　http://www.tobooks.jp
メール　info@tobooks.jp

印刷・製本　中央精版印刷株式会社

ISBN978-4-86472-716-7